有梦不怕路远

矢野浩二 著

北京联合出版公司
Beijing United Publishing Co.,Ltd

图书在版编目（CIP）数据

有梦不怕路远 /（日）矢野浩二著. -- 北京：北京
联合出版公司，2015.12
　　ISBN 978-7-5502-6649-0

　　Ⅰ.①有…　Ⅱ.①矢…　Ⅲ.①传记文学－日本－现代
Ⅳ.①I313.55

　　中国版本图书馆CIP数据核字（2015）第277387号

有梦不怕路远

作　　者：矢野浩二
总 发 行：北京时代华语图书股份有限公司
责任编辑：高霁月　王　巍
封面设计：陆　云
电脑排版：胡玉冰
责任校对：张璞玉

北京联合出版公司出版
（北京市西城区德外大街83号楼9层　　100088）
北京文昌阁彩色印刷有限责任公司印刷　　新华书店经销
字数180千字　787毫米×1092毫米　1/16　17.5印张
2016年1月第1版　2016年1月第1次印刷
ISBN：978-7-5502-6649-0
定价：38.80元

目录

自序

∎

和平

2014 年和 2015 年，我作为嘉宾，出席了日本驻华大使馆主办的"中日友好成人式"活动。作为一个在中国生活多年的日本人，能参加这样的活动让我万分荣幸。

这样的活动，让中日两国的文化交流变得更为密切，无论从哪个方面来看，都是善莫大焉的好事。

因为无论是过去还是现在，中国和日本多数是友好多于争执。刚刚过去还不到一个世纪的战争，给现在的人留下了甩不脱的历史阴影，让很多人都有一种错觉，仿佛中日两国一直以来都在争执。

但是，我想说，这并不是真相。纵观我们两国的历史长河，有漫漫两千多年交流史。从伟大的大唐时就在全方位深入交流。日本的建筑、诗歌、文字，无一不印刻着中华文化的烙印。

而在中国现代社会的机械、物理、化学等文献中，也有着许多从日本输入的词。两国的文化如此水乳交融，不要说在东亚，就算是在整个世界范围内，也是友好邻邦。

我们有不容置疑的友好传统，我们必将继承这种传统，必将发扬这种传统！

每当我有机会演讲，或者在发表看法时，我总会不厌其烦地传达以上信息，不管理解和支持我的人有多少，我都想为中日两国的友好关系尽自己的全力。

产生这种思想，不仅源于我对历史和战争的审视，更源于我在中日两国生活四十多年的经历，源于我跟中日两国万千普通民众交流的感情。

作为一个土生土长的日本人，来到中国，将中国作为自己的根基和梦想，这种行为在不少人看来多少都有点惊世骇俗。但是回首往事，我心中泛起的，绝对没有后悔，反而是满满的感激和满足。

中国这片广博的沃土给了我事业、爱情、家庭，让我懂得承担更大的责任，让我清晰地看到了自己的使命。

当年接到来中国的工作机会时，我做梦都没想过这个决定会对我的生命造成如此深远的影响。

现在每每回想起来，那个早晨却更像是命中注定一般。

20 年前的我，在日本只是一个默默无闻的小演员，出演的角色大多都是没有名字的龙套。但是内心却一直渴望着得到更大的舞台，得到更多的机会。

跟大多数年轻人一样，在长时间的失意和默默无闻之后，我变得有点灰心丧气，对未来和前途充满了悲观。

1999 年的 12 月，在那样的时期，我接到了自己所属的事务所的经纪人打来的电话。

"在中国有一部电视剧要拍，有兴趣参加吗？"

我毫不犹豫地回答说有兴趣。之后在 2000 年 4 月，我第一次来到北京，进行了为时 3 个月的电视剧拍摄。

拍摄工作结束时，我几乎是有些冲动地想："我要在中国打拼！"

当时的我，可能只是抱着一种放手一搏的想法，毕竟在日本没有人注意到我。没想到就是这个决定，让我真正成长为了现在的模样。

人在自己人生的各个阶段上需要这样突然决断的魄力，这种魄力会引导自己，让自己找到正确的人生方向。

变化

人的一生中，总会伴随着无数变化。这些变化可能会左右你的方向，影响你的计划。让你迷茫，彷徨，不知所措。而我们要做的，是在面对变化的时候不忘初心，永远相信梦想，相信友情。

没有变化就不会有成长。这些变化可能来自于工作，或者生活，或者其他原因。但是永远不变的只有一点，你总会在这些变化中遇到更多的人和事。

人和人之间的关系是世界上最为奇妙的事物。每一个人都会给你打开一扇新世界的大门。你能通过他，接触到更加广阔的领域，见到更加壮丽的风景。

没有朋友的人是清冷的。中国和日本的文化中，都特别强调人脉。而我，作为一个漂泊在中国的日本人，没有朋友的帮助，也绝对不可能成长为现在的模样。

所以，认真地去相信他人，去帮助他人吧。总有一天，你会发现，这些友情的纽带就像是长城一样，为你抵御着无数未知的风波。

人和人之间需要善意，需要建立友谊。而国家和国家之间也一样。我一直希望通过我的历史类和战争类作品，传达和平的理念，虽然这可能是杯水车薪，但是我矢志不渝。

和平对于人类的重要性怎么强调都不为过。至今世界上还有很多地方在发生战争，看着那些无助的难民，我们除了深切地同情，还能做什么呢？

我只能深切地祝愿我的两个故乡，日本和中国，永远和平下去。

我一直觉得，一个国家就像一个人的身体，在和平的时候感觉不到战争的恐惧，正如我们在健康的时候感觉不到疾病的痛苦一样。只有当战争和疾病真正降临，你才能感觉到深切的悔恨。

虽然已经年逾不惑，但是我依然想怀着一颗赤子之心对待遇见的所有人。我很喜欢跟孩子交流。

孩子的心灵是最干净纯洁的，他们总是会无条件地相信任何人。每次拍戏的时候，我都会主动跟当地来片场玩耍的孩子聊天。那是我最珍视的快乐时刻之一。

我记得在山东沂南拍《烽火双雄》的时候，我去当地一家饭店吃饭。在那里当服务员的是一个本地少年，他给我上茶的时候，忽然愣愣地盯着我的脸。

看着一瞬间哑然地盯着我的少年，我说道："怎么了，你认识我？"

那个少年一脸目瞪口呆，迟疑地说道："矢野浩二？"

我打趣地说："不对不对！矢野浩二是谁啊？我可不认识。我名字叫高仓健啊，你去问问你父母就知道了！"

少年在迷茫中跟我合了影，我看着他，继续一本正经地说："你父母看到这张照片一定很高兴的！能和高仓健合影是很值得骄傲的！"

少年似乎真的被我骗到了，满脸激动地点头。

点过餐后，少年往厨房走去时，我又再一次向他确认！

我说："喂，我的名字是？"

服务员少年毫不犹豫地回答："高仓健！"

我差点笑出来，说："没错！"

这些淳朴的孩子总是这么容易相信人，在他们的世界里似乎没有欺骗，没有坏人。我喜欢这样的赤子之心。所以跟他们接触的时候，总是很容易就会开心起来。

如果人与人的交往能跟孩子们一样该多好，不需要戒备心，不需要揣测人心，每个人都用自己最真诚的一面面对他人。这样的话，我想世界上的纠纷会少很多。

而我，也正是抱着这样的想法与中国的人们交往着。

虽然也受到过欺骗，可是与所得到的善意和帮助比起来，那些又算是什么呢？

关于演员

在中国的电视剧和电影中，日本人的角色有一些都是凶残的军人形象，初到中国那几年，我因种种原因，所出演的角色也以这种居多。

与很多人想的不同，我对这些角色并没有一味地反感和抵触，反而都在尽心尽力地演出，想尽我所能让中国观众对日本人产生不一样的看法。就算只改变一两个人的看法也好。在这些剧目中，有些给我留下了深刻的印象。

比如，在电视剧《战神》里，我饰演了充满正义感、对和平有深切希冀的日本间谍西里，他虽然是一个日本人，但是却加入了反战同盟，与日本军方为敌。

在电视剧的后半部分，他的身份暴露，被日本军队逮捕，日军队长问他："你为什么，要做这种背叛祖国的行为？"

西里回答说："热爱和平的日本人会理解我的所作所为的。"这句台词是我自己灵机一动加进去的。当时我感觉我深刻理解了西里这个角色的内心世界，他虽然选择了一条跟日本为敌的路，可是他自己知道，爱好和平的日本人一定会理解他，一定会跟他站在一起。

这句话至今适用。

在电视剧《少帅》中，我饰演了张作霖的日本顾问：菊池。他作为一个日本人，却自始至终都在想办法阻止日本军部进攻中国。但是这无异于螳臂当车，最后日本军队还是入侵了中国。

菊池痛心地说："人类如果不结束战争，战争将会毁灭人类，我们现在要意识到，还来得及……"

这句话也是我与《少帅》的导演张黎导演商量以后，自己加进去的台词。

而我之所以屡次在角色中加入这种充满感情的台词，就是想表现出他的内心世界，表现出他对战争的反感，对正义的渴望。

我相信，这是所有善良的人共同的愿望。

西里和菊池都是生活在绝望和逆境中的日本人。他们抱着痛苦和疑问活在那个时代，但是为了和平，他们毅然走上了跟自己祖国为敌的道路。这种大无畏的勇气，这种对和平和希望永无止境的追求，值得我们所有人学习。

我经常在接受媒体采访时听到这样的问题，"饰演日本人和饰演中国人有什么不同？有什么需要注意的地方吗？"

不同之处当然是有的，中日两个民族虽然有很多相同点，但是在很多细节的地方也有不少差异。不过，在表演的时候，我自己却并没有思考过这方面的事，没有在一个角色的国籍定位上有所拘泥。

因为，不管是日本人还是中国人，他们首先都是一个人，作为人类的感情和精神世界是相通的，都会有恐惧，有迷茫，也有善良。

　　只要抓住了这一点，那么不管饰演什么角色，都可以做到游刃有余。

　　我曾经背过一句中文的诗，特别有感触，一直记在心里。

　　人生如逆旅，我亦是行人。

　　每个人的人生都是一次艰难的跋涉，每一次选择，都是面临一条崭新的前路。但是不同的是，很多人都会下意识地选择看起来更加平坦的路。很少有人会主动迎难而上，朝着荆棘前行，纵然那条荆棘之路的风景更加壮观。

　　没有挑战的路途虽然轻松，但是一定会错过更多风景和成长。有时候，挑战一下自己从未做过的事是很有必要的。这样可以让自己更加强大，更加坚韧。

　　表演也是如此，如果每次都只饰演同一种角色，那么这个角色就会限定你，让你无法去寻求突破。

　　对于我来说，面临的选择更加艰难。

　　作为一个日本人，在中国的演艺圈可以说是得天独厚。因为中国每年都会拍摄大量拥有日本角色的电视剧，可是日本艺人却少之又少。所以说，日本演员在中国演艺圈，似乎并不缺少工作机会。

但是，从另一个方面来说，这种形式却严重限制了演员的戏路和选择。有的跟我一样的日本演员，在中国很难找到饰演其他角色的机会。除了日本军人，还是日本军人。

在这种情况下，我们该如何选择？环境在逼迫我们只能选择一条路去走，而我们看起来却并没有破局的力量。

我曾经也被这种环境深深苦恼着，可是有一天我想明白了，其实选择一直握在自己手中。日本人的性格也千差万别，只要自己保持对梦想的敬畏，对工作的敬业，努力去把接到的所有角色都打上自己的烙印，那么你终究会为自己开创出一条崭新的路。

经过十多年的历练，我接到的角色早已不限于日本军人，甚至连八路军战士都曾挑战过。虽然很多人觉得我的经历不可思议，可是对我来说，这只是日积月累、顺理成章的结果。

在中国生活多年以后，我经常被记者这样评价，"矢野先生背负着中日之间交流的重担呢"。

坦率地说，我从内心深处，觉得自己并没有能力承担这样的重担。

我是一个演员。我承担不了什么重大的历史责任。我只是想通过自己饰演的角色，还有话语，向中日两国观众散播和平和希望的种子，架设相互沟通的桥梁。

只要做到这些就足矣。

以前，朋友曾对我这样说过，"现在，浩二都在战争剧里出演八路军了，这世上再发生什么都不稀奇了。"

说得对啊，发生什么都不稀奇了。

按照这种说法，可能我会出演像电影《恋爱教父》这样的爱情喜剧也就不是什么特别的事了。再特别的事只要实现过一次就会变成理所当然。

将这样特别的事转变成很普通的事，就是我做的一切的价值所在。

这15年以来，我经历了许多事。但是总之不论在什么时候，我都想平常地度过。

再怎么恶劣的新闻出现我也没有动摇，不去在意，也不受其影响。

因为我想和大家平常地交流。而我现在也正在这样做。

我希望自己周围的环境也能有这样的风气，并尽可能地去传达这样的力量。

和平、希望，这些词语是所有人的愿望，我只能尽己所能，但是在生活中，我只想跟大家开心地生活在一起，只要这样就足够了。

外务大臣表彰

2015 年 8 月，我荣获了由日本外务大臣颁发的外务大臣表彰，对我来说这是一项非常意外的殊荣。

外务大臣表彰，是由日本外务大臣颁发，用于表彰在国际关系和其他各个领域，为增进日本与其他国家的友好关系而做出突出贡献的日本国民。这个表彰对我来说完全属于意外之喜。因为一直以来，进行演员工作，参加中日文化交流活动，并通过电视剧和其他节目，促进中日两国人民互相理解，都是我一直坚持的分内工作。这些事对我来说，并不是负担，而是主动背负的责任。

这个表彰让我忽然感觉到，中日友好，果然不仅仅是我自己的愿望，在其他我不知道的领域，还有很多人在默默期待着，默默做着努力。

而在亚洲活动的日本艺人里面，我是第一个获此殊荣的人，这对我是一种非常巨大的鼓励。我心想这 15 年拼尽全力到现在，终于能受到来自日本国民的一些理解和认同了啊。

当然，不理解我，对我恶言相向，说我是日本叛国贼的人还依然存在着。不过我还是坚持我的态度，不会去理会这些愚笨的人。历史和时间会证明，我的态度和我的做法，一定是正确的。

这 15 年间，我面对任何事都心平气和，但是对于原则性的问题，我从未想过妥协。秉持着"不惧风雨"的精神，一直在坚持维系着中日友好的通道。这项表彰，不仅是对我所有努力的认同，更让我觉得，我跟千千万万同样怀有和平希冀的日本国人站在一起。

这种感觉很热血。

这个世界已经变得越来越像一个地球村，每个角落的人都可以看到世界各地已经发生或者正在发生的事，对世界的好奇心从未像今天这样容易被满足。这是科技带来的力量。而在这种情况下，我们也可以很清晰地看到，很多中国人对日本，这个近在咫尺又感觉远在天边的国度产生了好奇心。

经常有中国的朋友问我这样的问题："日本人最强大的地方是什么？"

作为一个日本人，我深刻地知道，跟其他民族比起来，没有一个民族能在各个方面全面领先。但是日本人，确实有独属于自己的一些民族特点。

首先，日本人对"集体高于个人，品德高于金钱，和睦高于竞争"的基本精神十分重视。

日本人对自己的工作抱有极其强大的责任心，而且习惯于或者说害怕给他人造成困扰，有时候甚至就算牺牲自己，也会努力避免给他人造成困扰。

对于一个日本人来说，这些都是与生俱来的本能。无法改变，无法逃避。

我在东京做森田健作先生的随从的时候，就经常从各种人的口中听到演员连父母去世都不能去看。那时我就想到这就是演员的世界啊，父母去世都不能守在身边，那是何等的凄凉。

然而，我没有想到，在我 23 岁的时候，自己也终于面临了这一天。

那年有一天，姐姐打电话告诉我，说在老家的母亲因为患癌已时日不多了，那一刻，我眼泪忍不住夺眶而出，心里想立刻飞回老家看她一眼。然而，当时森田先生的随从人员只有我一个，我走了以后一定会对他的生活和工作造成困扰。

在我小的时候，母亲就教育我不能给别人惹麻烦，所以虽然当时很想赶快回到老家，但我还是努力抑制住了这个想法，把注意力集中到了眼前的工作当中。

结果在第二天就收到了母亲去世的噩耗，这是我心里永远的伤痕和遗憾，但是让我重来一次，我所做出的决定一定还是跟当初一样。可能在外国人眼中，我当时的行为显得格外冷酷，可是对日本人来说，那只是本性的选择。不给别人添麻烦，是日本人刻在骨子里的行为准则。

日本人还有一个重要的特点，那就是对忍耐力的重视和培养。日本学校的小孩子们即使是深冬也穿短裤去上学，女孩更是一年四季都会穿着学生裙。有人说难道不应该呵护孩子的成长吗。

并不会，每一个日本人，从小就需要体会严酷的环境，锻炼坚韧的精神。

正是这种坚强的精神，帮助日本实现了战后的复兴，让日本从 20 世纪的经济大滑坡中走了出来。

除了这些。日本人的礼貌也是举世闻名，这是让日本在世界上引以为傲的文化。因为尊敬他人，所以将其作为一种态度展现出来。

"顾客就是上帝"这句话正是松下电器的董事长松下幸之助先生所说的。对顾客以这种态度、这份真挚，带着诚意予以接待，其实不仅是企业和顾客之间，在人与人相处的时候，这种态度也是必备的素质。

我在中国工作了 15 年。一直以来都带着真诚和感激与人相处，这与其说是我的个人秉性，不如说是日本的国民性格对我自身的深刻影响。

"因为有别人的支持才会有现在的自己。"正是因为心怀这样的感激，我才会带着诚意面对每一个人。

我们工作的这个行业，因为在外地拍摄工作很多，有时一年才能见到朋友一面，甚至三四年才能见一次面。在一些很重要的节日里，比如春节、端午、日本的正月节等时间都是没有办法见面的。我所能做的，只能用短信或者电话聊表问候。

正因为身处这样一个忙碌的时代，虽然我的语言很简单，但如果看到的人能够因此稍微驻足舒一口气，那我就很满足了。

我自始至终都坚信，就算不能在一起，但是只要内心贴近，那么友情就永远不会变色。感情是一面镜子，你如果不用心去对待对方，对方也不会用心回应你。

在与中国人交流的问题上，我一直十分注意。并不是说因为对方是日本人或中国人就摆出不同的态度应对，而是会注意更多不同的地方，好让对方不会觉得冷漠或者突兀，如果我按照跟中国人交往的方式去跟日本人交往，他们一定会觉得唐突，但是如果我用跟日本人交往的方式去跟中国人交往，他们则一定会感觉冷漠。

两个国家的国民性没有优劣之分。我特别反感很多人拿同一套模板套所有人，甚至所有民族。每个人的成长环境不一样，会养成迥异的性格和行为方式。更何况更加宏观，更加复杂的两个民族？

中国人喜欢热闹，因为从古至今，这片大陆就一直人烟繁盛。

日本人喜欢安静，因为几千年来，那里一直天灾不断。所有人的心中都隐藏着莫名的担忧。

如此而已。这根本不是判断一个民族优秀与否的理由。我绝不会用日本人的行为习惯来否定中国人，也不会用中国人的国民性格去否定日本人。

文明，多样化才美，不是吗？

我一直做着演员的工作。

我必须做到生动地表现自己的角色。

要做到这些，就必须理解角色，认同角色的想法。对于演员来说不需要的东西，就是"偏见"。

演员不论出演什么样的角色都绝不可以抱有这样的感情。偏见会造成严重的固有观念。这对于一个需要表现不同人物的演员来说，是极其多余的感情。

而对于整个社会来说，偏见会产生歧视，会产生国际关系上的误解，还会衍生出教育场所中的一些问题。我一直认为，构建一个不存在偏见的世界，是成就和平的最大捷径。

说实话，我在中国进行了 15 年的演艺工作。摄影现场里的工作人员，还有其他演员，全部都是中国人，而日本人只有我自己。参加电视节目时也是这样。

　　在参加这些演出的时候，我没有一次是带着"自己是日本人"这样的想法去工作的。同时我也没有带着"你是中国人"这种眼神去看待过周围的工作人员。我只是将他们看作一位工作人员，一位演员，一个人。

　　我自己也希望大家把我看作一名普普通通的演员，而不是"日本演员"。我不希望在"演员"这个身份之上再有多余的标签。

　　从我最开始来到北京直到现在，我结识了很多朋友。中国人重视节日，特别是在农历新年、中秋节等重要节日里，打开手机收到的都是朋友们发来的信息。

　　在那一刻，我可以肯定地说，他们想到我的时候，第一个想到的不会是"日本人"，而是"我的朋友"矢野浩二。

　　我很期待所有人想起我的时候都会这么想。

　　对我来说，这件事所产生的成就感远远大于任何奖项。

交流

　　明治维新以来，中日两国若即若离几千年的文化交流再一次畅通起来。无数留学生辗转两国，沟通着两国的文化，架设着两国的桥梁。可是后来还是让人痛心地接连发生战争。

战争我不想多说，那是历史的悲剧。但是现在，我们两个国家再次迎来了和平，已经和平了快一百年。这里面离不开爱好和平的人们的努力。

我只是一个演员，但是也在努力地为两国人民的交流尽着自己的一份力。而跟我一样在努力的人又何止千万。

我的朋友关口知宏先生，他以中国的铁路为主题，做过很多极高质量的纪录片，向日本人全面介绍着中国的发展和风土人情。

后来他更是带着一些日本小学生开展了这样的活动。在那次活动中，有一个画面让我记忆犹新。

参加节目的小朋友都是从日本大城市遴选而来，关口知宏带着他们在中国西南的偏僻村落中考察。这些小朋友当然会不适应，其中有一个小女孩突然说暂住人家的卫生不好，很脏。

这句话可能只是无心之言，但是我清楚地看到了关口知宏先生眼中的严肃。他马上喊过那个小女孩，告诉她，这家人为了招待他们一行，已经拿出了自己家中最好的东西。相比起这些情义，这些被自然条件所限而导致的居住环境又算什么呢？

小女孩最终理解了关口知宏先生，并很快融入了当地的生活，愉快地生活了好几天。后来跟当地的中国小朋友们打成了一片。

虽然只是一个很小的活动，但是我却从中看出了让人动容的力量。

人和人的隔阂，大多都是由误解和歧视而起。如果多一些理解，多一些感激，很多让人冷漠的言行就不会发生，那么这个世界会少很多纠纷吧。

我希望总有一天，日本吸引中国人的地方不仅仅是樱花和景点，还有和平的人民。中国人想到日本的时候，第一反应不是鬼子，不是战争，而是友好睦邻。

我希望总有一天，日本人想起中国的时候，不再是畏惧担忧，而是友谊善良。我希望总有一天，日本人来到中国的时候，问候他们的第一句话不是"看那个鬼子"，而是"你好，来自日本的兄弟"。

第一章　北京北京

北京，北京

2001 年，我三十岁，第一次离开日本来到中国，那时候的我从未想过,这片广阔的土地会给我的生命带来如何巨大的影响。如今漫漫十五年已经过去，五千多个日夜，我在这片土地上已经生根发芽，有了自己的家庭，自己喜欢的事业，还拥有了很多关注着自己的朋友。对一个地道的日本人来说，这无疑是一件神奇的事。但是刚踏上中国国土那一刻的心情，至今依然记忆犹新。

那年春天，我接到日本演员事务所的一份工作，作为男主角，来北京进行电视剧《永恒恋人》的拍摄，当时的我对中国一无所知，而今说起这些，很多人都难以相信，但是当时的我对中国，或者对世界都无知到了让人难以置信的地步。

在当时的我心里，中国只是一个日本之外的国度，历史悠久，对日本的文化和历史产生过深远而巨大的影响，但是具体而微的事，却一点儿都不了解，甚至对中日之间两百年来的恩怨都一无所知，中国只是跟美国、法国、英国没什么区别的另外一个国度。所以当时第一次听到有机会来中国拍戏的时候，我甚至还产生过一种奇妙的自豪感，想想看，很多人拍戏都是去美国，去好莱坞，但是来中国的凤毛麟角，我被历史推上了一条从未有人走过的道路。

1992 年刚到东京，第一次拍的简历照片

1998年在日本，
艺人简历照片

2000年4月份拍《永恒恋人》照

2000 年 6 月《永恒恋人》关机饭

2001 年 6 月

2005 年《记忆的证明》剧照

2005 年《记忆的证明》

2005 年《记忆的证明》发布会

带着这样与其说是单纯，不如说无知的觉悟，我义无反顾地踏上了去往中国北京的飞机。

刚走下机场，北京暮春沉闷的天气和一种难以形容的感觉就将我包围了。

第一次来到北京机场，第一眼所见到的建筑比我想象的还要宏大。机场设备、建筑物全是近代风格，飘荡着一股华丽的气息。

我脑海中的北京原本是个古旧的城市，但是看到这个和成田机场没什么区别的机场的样子后感到有些意外。可以确定的是，这已经不是在日本了。我生平第一次离开了日本，来到了这个大海彼端的国家。

广阔的机场内到处挂有"旅客注意""厕所"等汉字标牌。擦身而过的人的口中飞快地说着带着奇妙回响的话语。所有的一切都在提醒我，这里是异国，完全的异国之地了。

"终于来到中国了！"

我停下脚步，深吸了一口初次来到北京的空气。

机场大门四周，人群熙熙攘攘，有无数来接旅客的人。我孤独地站在大厅中间，不知该往哪边走，正东张西望的时候，突然有人拍了我的肩膀。

"是矢野先生吗？"

我回头一看，有两个男人站在那里。一个是身材不高的中年男性，另一个人却是体形如相扑选手一样高大的年轻人。

"你好。我是制片人，我姓苏，初次见面。"身材不高的中年男人一边用流利的日语介绍自己，一边来和我握手。

苏先生的事我在出发前就从经纪人那里听说了。他正是日本SunMusic的副社长及我此次中国之行介绍人的挚友，也是这次电视剧的制片人。

当时苏先生来日本寻找电视剧《永恒恋人》中川岛这个角色的日本演员，我当时所在的 SunMusic 公司的副社长便将旗下演员的资料都发到了苏先生的手中。好像就是因为我的形象与剧中川岛的形象十分吻合，我才被选中的。不用说我根本想不到这样的幸运会来眷顾我，真想表扬当时留着长发的自己啊。

"初次见面，我是矢野浩二。还请您多多指教！"我急忙跟他握手。

"欢迎来到中国。我是翻译，我姓徐。"大个子的年轻人，和苏先生一样，说着流利的日语。我想要和他对视就不得不仰头看着他，我再一次被这壮硕的身躯吓到了，他貌似身高超过了180cm，体重也得接近100kg了吧。

听到两个人流利的日语，我原本紧张的心情顿时放松了。在我原本的觉悟中，初到中国的日子里，我一定会拿着词典手舞足蹈地与对方交流。此时此刻，看到两个说着日语的中国人，感觉心里的重负一下子放下了。

"那，咱们就出发吧。"徐先生很轻松地抱起我的旅行箱，我看着他的背影，快速走向车子所在的停车场。

北京首都国际机场在北京东北角，那时候的北京还没有如今这么繁华，机场周边还算是郊外，没有太多的高楼，一眼望去，全是稀稀疏疏的低矮民居。那天还是沉闷的天空，好像日本暴雨初来的景象。

"这天阴得真厉害啊。"看着车窗外的景色，我不由得感叹了出来。

然而，汽车行驶了约一小时后，甫一进入市区范围，周围的景色风物忽然改变了。高楼大厦鳞次栉比，宽阔的马路上车水马龙。无数衣着光鲜的年轻男女来来往往，迸发着一种让人目眩的活力。除了偶尔跃入眼帘的穿中山装的老人，只有汉字的标牌和数量惊人的自行车，这里的风景几乎和东京没有什么区别。当然，那简直是一定的，两个城市都是世界级的大都会嘛。

到达下榻宾馆的时候，天色已经渐暗，街上的霓虹灯都亮了起来，将整个城市都映照得灯火辉煌。街边年轻女孩说话的娇声，还有路边摊传来的叫卖声，难以形容的热闹的气氛笼罩着这座城市。

看着北京这样的街道，突然地，我意识到自己已经来到了一个全是陌生人的异国之地。那些穿梭在东京的街道上的时光，仿佛已经是上个世纪的事了。

苏先生还有事，将我送到宾馆之后就匆匆离开了，临走之前告诉我："明天就要和工作人员还有其他演员见面了。详细情况您稍后跟小徐商量一下。不要太紧张，现场气氛很轻松，大家也很期待能够见到矢野你的。"

我这次要出演的，是一部20集的爱情电视剧：《永恒恋人》。我在其中饰演的角色是一个逗留在北京的日本留学生川岛。

这是一个痴迷中国文化，专业学习京剧，并与中国女记者坠入爱河的日本青年。在故事的后半部分，他所爱着的女孩因为意外事故变成了植物人。所有的情感冲突围绕着这个核心爆发。在当时的中国，这可以说是王道的爱情故事。而作为男主角的我，要承担绝大部分的戏份。

此前，在我十多年的演员生涯中，不用说主演，就算连拥有台词的配角都很少出现。人生的际遇真是难测啊……

除了角色和戏份的巨大变化，还有其他突如其来的考验在等待我。一般来说，日本的电视连续剧，一个上映单位是由10到12话剧集构成的，每集一个小时左右，以每周一集的频率上映，大概三个月完全播完。但在中国，一部电视剧至少20集，多的甚至能达到80集！虽然每集的时间比日本电视剧短15分钟，但相对的播出进度却惊人地快。

在日本，电视剧的拍摄与放映几乎同时进行，普遍的进度是一周播出一集。但是在中国，一部电视剧全部拍摄结束后才会以每天两到三集的频率一次放映完毕，也就是说，就算是全30集的电视剧，2周就能播出完毕。这对于我来说，当然意味着前所未有的挑战。

接下来的几天时间，我都在与演员和工作人员见面熟悉中度过，过了几天后，《永恒恋人》的拍摄工作也终于要开始了，可是，很快就出现了意外情况。

那天晚上，我正在宾馆等待着第二天的初次拍摄，忽然接到了徐先生打来的电话。他的声音一反常态且有点低沉："矢野先生吗？我来通知您一下，明天的外景拍摄，貌似计划有变。"

"哎？计划有变是怎么回事？"我从他的语气中感觉到了一种不好的预兆。

"不知是拍摄场地还是布景的不便，明天拍摄的镜头要变更一下。要拍摄男女主角最后在医院告别的镜头，不知道您这边有没有问题？"

"最后，那不就是最后场面了嘛。"我有点措手不及，但是下意识地没敢提出问题，"问题倒是没有……"

第一天原本的计划是拍摄川岛和中国记者相遇并搭话的镜头。然而，不知道为什么，拍摄工作变成了别的镜头。这个新镜头直接是女记者变成了植物人之后，川岛来到病房和她告别的场面。哪有这种道理，第一天居然就要拍摄这个全剧高潮点的情节！这在日本的电视剧拍摄中绝对是不可能出现的情况，因为故事需要递进，感情也需要酝酿，第一天就拍摄高潮镜头不符合常理。

然而，抱怨归抱怨，这里是中国，在中国的电视界中，这种事情并不稀奇。因为要在有限的时间里拍摄数量庞大的镜头，所以拍摄方通常不会考虑到每一个演员的意向，同一个场景有多个情节发生的话，放在一起拍摄是很正常的，突然变更安排也并不鲜见。

当时的我，对于中国的业界情况毫不知情，除了惊讶之外，还有一种茫然失措的感觉，忽然对即将到来的拍摄工作充满了不安。

不得不说，从小培养起来的执拗性格帮了我很大的忙，放下听筒之后，我深深地喘了口气，心想："不论出现什么状况，都能完美应对、完美演出的演员才是职业演员！无论如何要突破这个难关。"怀着这样的觉悟，我赶紧拿出剧本，打开最终镜头的那一页，开始再次确认台词。然而，一看剧本，好不容易压下的不安再次变本加厉地复苏了！

我不会说汉语，而我所要出演的角色，却被设定为能说流利的汉语！

就算我的演员之魂再怎么燃烧，也不可能睡一觉醒来就能学会汉语。只会说"你好"和"谢谢"根本无济于事啊！

作为主演的我不会说中国话，故事该如何展开？第二天的表演该如何进行？我逐渐又恐慌了起来。

中国方式

第一天的拍摄，场景安排在临时搭建的病房中，我心情沉重地走进摄影棚，想跟导演再确认一下拍摄事宜，没想到一进门就被震惊了。

拍摄设备的搭建和工作人员看起来和日本并没有什么不同，但是气氛却截然相反，工作人员和演员都完全没有即将进行拍摄的紧张感，而是到处围成圈子轻松地聊着天。笑声和交谈声此起彼伏，甚至没有演员和工作人员的差别，所有人都在融洽地谈笑着。

不知道为什么，这种和谐的气氛让我的心情放松了一些，犹豫地找到导演，把我心中的顾虑跟他说了出来。

导演却没有多想，仿佛早有准备，笑着跟我说："矢野，你和平时一样表演说日语就行。对方虽然说的是中国话，但是你只要表现出能听懂，自然地表演出来就行，不用为了语言的问题紧张。"

"哎？但对方不说日语的吧？那到时候放映的时候怎么处理？"我一时间没有反应过来。

"嗯。矢野的台词后期可以配音，所以你说日语就行了。"

导演胸有成竹。

"那样的话，我的声音就不会在电视剧里出现了吗？"

"不是也有日本人之间用日语交流的镜头嘛，那些镜头以后不会配音处理。"

"是，是这样啊……"说大胆也好还是说新颖也好。中国电视界的手法，总是会出现让我惊讶的地方。这种表演方式我以前从未遇到过，可能也跟我在日本参演的电视剧中很少出现外国演员有关系。这意味着，在以后的所有拍摄过程中，只有我自己说日语，其他的演员都说汉语。

比如我和女一号的镜头，她用汉语向我提问，我则用日语回答她，在语言不通的情况下，靠演技表现出在对话的样子。

在电视剧播出的时候，我的台词都会用中国话配音，所以观众看的时候一点问题都没有……不得不说，这也是一种饱含智慧的做法。我很快就接受了这种拍摄方式，然后信心百倍地投入到了拍摄工作中。

然而，进入实际的拍摄后，这种拍摄方式还是遇到了问题。因为不知道对方台词说完的时间点，所以怎么也表现不出对话的样子。常常出现的情况是，女主角已经说完了她的台词，可是我还在盯着她等待她继续说，所以 NG 时常发生，不过这时候中国人的豁达精神让我背负的压力少了很多，导演和工作人员并不会太过责怪，而是轻松地笑笑，便重新来过。

在以后的日子里，我常常会怀念起当时拍摄《永恒恋人》的情形，那些豁达大度的导演和工作人员给我留下了深刻的印象，让我第一次在异国他乡获得了难以想象的安全感。

但是现在想来，我在第一个拍摄日的震惊还只是开始。随着拍摄的进行，我了解到了更多"中国式"电视界的奇妙之处。

另一种拍摄

那一天的计划是外景拍摄，地点在北京郊外，场景在一间旅馆门前的马路上，情节是我和另一个角色并排行走，没有台词，这对于拍摄工作来说是比较轻松的类型。我一开始也是抱着轻松的心态去的。

然而，我没想到的是，随着接近拍摄现场，运送工作人员的大巴里开始酝酿着一种奇怪的气氛。一向吵嚷喧闹的工作人员，全都一脸如临大敌的神情，车厢里没有人说话，只有偶尔响起的窃窃私语声，我不知道发生了什么事，只是感觉到这种气氛和平时喋喋不休的样子相差甚远。

"小徐，怎么感觉大家都这么安静啊？"我迟疑着问小徐。

"是啊。"果然小徐也感觉到了周围的变化，一脸诧异。可是还没等我们问清楚，大巴就紧急停车了。

导演来到我身边，在我耳边小声说："矢野，现在就要开始拍了，你们和之前计划的一样，两个人一起从旅馆出来，一直走到大路为止就行了。"

"明白了。"我立即进入了状态，把满脑子疑问抛在脑后，带着出演川岛朋友的男演员下了车。

下车后的第一时间，我就发现了不对。

整个大巴除了我们俩，居然没有其他任何人下车，化妆师、道具师、摄影师都依然不动地坐在车内。我完全不了解发生了什么，紧张地问："摄影师不下车吗？哎？从哪里拍摄啊？"导演没有说话，在车里指着前方，一味地做着"快去！"的手势。我和饰演川岛朋友的男演员虽然满头雾水，但还是绕到 50 米外的旅馆后面进行待机。

奇怪的是，那里没有任何小道具，也没有化妆间，甚至连摄影机都没有。完全没有摄影现场该有的气氛。

等待了一会儿，惯常的"START！"的声音迟迟没有听到。

我感到有些可疑，就看了一眼大巴，却看到好几个工作人员正紧张地透过车窗往这边看着。大概是正在看显示屏。

因为一时搞不明白状况，我们两人就先按照之前的计划开始了表演。从旅馆后面出现，经过旅馆大门，按照指示向着大路走去，那段距离并不太长，大概 20 米左右，没用 1 分钟就走完了。

到这里为止的事情都在表演过程中，所以我投入在表演中，并没有太紧张，但是直到走上了大路，"CUT！"的声音也没有响起。我有点慌慌不安，心想："这是什么情况？"但是没有听到指令，又不敢随意停下脚步，于是继续往前走着，又继续走了一分钟左右的时候，终于有工作人员从后面跑来说"OK 了"。我和饰演川岛朋友的男演员这才停下脚步，面面相觑，用眼神询问着对方，不过不管如何，拍摄似乎已经结束了。

"看起来像是游击拍摄啊。"回到大巴上以后，小徐笑着对我说。

我立刻就明白了，游击拍摄是指没有取得作为背景的旅馆的拍摄许可，就进行了拍摄，理由无非是为了削减经费，或者不想在和旅馆交涉的问题上耗费时间。

情况似乎确实是这样，大巴车里，导演和工作人员专注地检查着我们刚刚拍摄的走路镜头。检查工作刚一结束，大巴就快速地从那里撤离了。

我当时是第一次经历这样的事，有些不安地问小徐："刚才拍摄的镜头如果播出了，不是无论如何都暴露了吗？会不会引起麻烦？"

"没事。中国人一般不会计较这些小事的。"小徐说。

我没有说话，但是在心里感觉，以中国人的豁达和大度，不计较这些小事才是理所当然的。

刚刚紧张的气氛像是幻觉，大巴里很快又被欢乐的氛围笼罩了。工作人员一边分发着橘子，一边相互说着"可算是结束了""不过，还真紧张啊"之类的话。看到这样的光景，我也不再吃惊，反而不由得笑了出来。

这样的事还有发生。

那场戏的拍摄场景是在北京市内的一条马路上，情节是我和演对手戏的女性骑着自行车对话的镜头。剧本上的台词有足足 2 页，考虑到说完这些话需要的距离，剧组准备了大概 100 米的移动空间。

但是当时的拍摄场景再一次让我大开眼界。

通常情况下，拍摄使用骑乘工具的镜头，需要摄影师坐在搭载摄像机的汽车或台车上，配合演员的速度边移动边拍摄。

在我的预想中，摄影师会坐着汽车面向我向后拍摄，但等摄影师出场以后我彻底震惊了，我万万没想到，我们《永恒恋人》剧组为摄影师准备的并不是汽车，而是自行车！我目瞪口呆地看着导演助理骑着一辆中国式的二八自行车，载着一个巨大的篮子出现在我面前，而摄影师就蹲坐在那个巨大的篮子里，淡定地在我眼前打开了摄像机。

"算了，不管怎么着，总算是要拍摄了。"我这么想着，调整了一下心情，开始了表演。但是生活总是充满了意外，刚开始拍摄，就出现了意料不到的状况。

大概是摄影师体重太重了，自行车的前进速度异常地慢，还在剧烈地摇晃，好像一头不堪重负的老牛，看起来极其可怜。因为这个，在其后面跑动的我和女演员不得不迁就自行车的速度，以让人发指的慢速缓缓往前走,然后就出现了时而撞车时而摔倒,NG 频出的场景……

我当时感觉精神已经崩溃了,一边在控制前进的速度,一边还在担心自行车会摔倒,没一会儿就急得冷汗都要渗出来了,但是如此焦躁不安的好像只有我一个人,演对手戏的女演员自然不用说,骑自行车的工作人员也一点儿都不担心,都在一脸轻松地做着自己的工作,他甚至还有心情冲着我笑!

"笑个鬼啊!太胡来了。"看着周围人的表情,我心里的紧张感消失了,渐渐投入了表演中。

那次表演很成功,虽然初次见到有些吃惊,但这种坦率的充满挑战精神的拍摄手法和现场气氛我并不讨厌,我开始感到周围的中国人都有一种奇妙的精神力量,蓬勃向上,不拘小节,灵活多变。

我似乎被这种能量吸引了。

作为剧组里唯一的外国人,我一直很拘谨,生怕做出什么不合时宜的事,但是接触了一段时间后发现,我的这些担忧都是杞人忧天。工作人员们和演员都很好相处,就算语言不通,我还是很快完全融入了这个有趣的剧组。

中国人的交往方式，没有太多的顾虑。举例来说，吃饭的时候，他们对我非常照顾。最让我困扰的是，他们常常一边说"浩二，喝点吧"，一边就擅自给我倒了酒。我的酒量极差，但为了表现出"日本人不能被小瞧！"这种根本不需要的志气，一直来者不拒，每次都会喝到快醉倒的程度。

当我后来开始拒绝他们添酒的时候，他们总是关切地问我："哪里不舒服吗？"

这时，要是回答"不，没那种事"，那么一定会继续喝酒，将宴会一直进行到天亮。

和这样的人们一起工作，拍摄现场想当然地被豁达的气氛包围着。

在中国的一切，总是在有意无意间传达着一个信号"我们都是平等的"，就算是对待动用一个小道具这种事的方式，在中国和日本也有着巨大的差异。

在日本，如果在拍摄过程中因为一个小道具位置错了发生了NG，负责小道具的工作人员就会紧张飞快地跑出来，摆正小道具的位置，然后鞠躬道歉。然而，在中国，发生这种事的时候，往往都是距离最近的人——大多是演员——去摆正。负责小道具的工作人员，也并不会慌张。而做这种事的演员，无论是大牌明星，还是群众演员，都不会太过在意，他们在内心深处就没有将这种事当作很严肃的事来处理。

换而言之，在日本的拍摄现场，每个工作人员的分工都非常明确，所有人时刻都在绷紧心弦。而在中国，那种"不能让演员来做这种事""演员地位更高"之类的想法几乎没有，小道具的位置出错了，距离最近的人去摆正就可以，不过如此而已。

这种让人意外的平等态度，往往可以从更多细微的场面体现出来。演员，甚至工作人员经常会向导演提出自己的见解，而导演也并不会因此有芥蒂，反而还会认真去听，去讨论。正因为这种融洽的气氛，剧组的所有演员和工作人员都会有家人一般的一体感。

对我来说，虽然刚开始时对一些差异感到困惑，但是一旦习惯并接受了这种做法，反而感到很舒服，O 型血粗枝大叶的我，或许更适合这样的拍摄现场。

在日本，我作为配角或临时演员见识了无数拍摄现场，但中国的拍摄现场却与之有着根本上的差别。这种豁达和大度，可能只有拥有众多民族、众多人口的土地才能孕育而出。

中国的挚友

到达北京一个月后，我终于适应了日语与中文奇怪的台词对话，拍摄工作也在顺利地进行着。

但是，一离开摄影棚，我都会逃跑一样地回到宾馆，不敢在北京的街道上过多停留。当时的北京的基础设施建设方兴未艾，整座城市都像是一个巨大的工地，随处可见的工程机械和拔地而起的高楼，还有遍布大街小巷来自天南地北的工人。没有在北京生活过的人无法想象那时北京的交通状况。

有的街上行人摩肩接踵，自行车、私家车、公交车，艰难行走。而围绕在眼前耳畔的，还有根本无法听懂的各种中国话。在这样的环境中，我终于体会到了身在异国他乡的孤独感。那时的我，感觉中国的所有都像激流，从四面八方包围着我，挤压着我，让我无法呼吸，无所适从。

我被迫品尝到了语言和文化不同所带来的苦果，习惯和饮食上的差异首先向我重重地压了下来。

剧组偶尔有休息时间，但是不敢外出的我，也就只有独自待在下榻的宾馆，以及去附近的麦当劳打发一日三餐这两种选择了。

而在当时一直关心我，并经常邀请我一起吃饭外出的，正是给我做翻译的小徐。这个中国青年有一副大力士一样壮硕的体格和精干利落的短发，时时刻刻带着和蔼可亲的笑容，刚到中国的那段时间，小徐那种略带中国口音的日语是我生活中为数不多熟悉的东西。自从机场见到以来，他就是令我能放心的同伴。

小徐跟我年纪相仿，有过在日本留学的经历，在福冈曾经待过 9 年之久。在高中毕业以后，他就开始留学日本，在福冈上完大学，就直接进入了在日本人尽皆知的大型广告代理店工作。

那之后不久，他借着在中国分社工作的机会回到了中国，然后选择了暂时退社，开始转行做翻译。

凭借留学日本培养出来的完美日语，这份工作他干得相当出色，甚至偶尔从他的口中会蹦出连我都不知道的生僻日文词语。相仿的年纪和同在日本的阅历，让我跟他之间相谈甚欢，如果没有小徐的话，我刚到中国的日子无疑会更加难过。

还有，也许因为有在日本长时间生活的经历，小徐能够更加理性全面地看到中日之间的文化差异，很多事都是在他潜移默化之下我才了解。比如，在中国"ＡＡ制"并不普遍，吃饭的时候不说"我开动了"，也并不关心路人对自己的看法……这些作为日本人的我根本想象不到的中国习惯，他都认真地一一为我说明了。

"中国人很少会随便说'谢谢'。"有一天，我正感谢小徐请我吃饭的时候，他忽然这样对我说，"在中国，'谢谢'这句话一般并不会对亲近的人说，中国人一般认为请客的人结账是理所当然的。如果你说"谢谢"，那么中国人会有被拉开距离的感觉。"

"那么，想表达感谢的心情时该怎么说？"我有点惊讶。

"什么都不用说就好，这对日本人来说应该会比较难。"小徐的脸上浮现友善的笑容，然后问我，"'不客气'这句话你知道吗？"

"不客气"就是"いいえ、どういたしまして（日文）"的意思，是很基础的汉语词语。虽然当时的我并不会太多汉语，可是也知道这个词语的意思。

接下来，小徐却告诉我，"不客气"这个词语使用的地方不对可能会招致误会，特别是日本人一定要注意这一点。关系亲近的人对你说"不客气"时，有着强烈的"放松点"或"不用客气"的意味，甚至还带有"你也太冷淡了""别这么害怕"之类比较负面的情感。

之前虽然说"中国人喜欢不拘泥",但中国不可能没有重视礼仪的习惯。毕竟是五千年的文明古国。但是,朋友绝不会太拘泥礼节,如果礼节做得太过反而被认为"太见外了"。不说"谢谢你"的习惯正表现了这一点。

就像日语里有些词有另一层意思一样,汉语里的言外之意也是很难从教科书和入门指南里学到的。没有小徐的话,我不仅不可能知道这些,大概也绝不会接触到这些与日本迥异的中国文化吧。

知道了这些细节之后,每当有人告诉我说"不用说'谢谢'"的时候,我都很开心。因为这意味着我再一次结交到了中国朋友,意味着又有人拿我当亲近的人。就像我对小徐十分信赖一样。

当时的我已经年过 30,而且在这异国他乡,我根本想不到会遇到能结下这般友情的人。事实上,我和小徐的友谊从那时一直持续到了现在。

虽然了解了这些细节,可是对于生养于重视礼节和谦辞的日本的我来说,不说"谢谢"是一项相当辛苦的修行。对方为我做了什么之后,我无意识地就会说"谢谢"。不光是我,大概这是大多数日本人刻在心里的本能吧。

从那天之后，每当我对小徐说了"谢谢"，小徐一定会苦笑着说"又说了啊"。

偶像矢野浩二

"日本青春偶像进入中国"。

《永恒恋人》摄影工作接近结束的某一天，北京的报纸上刊载了这样一则让我惊悚的报道，上面还配着《永恒恋人》的海报。

海报上是正面向人群微笑着的我。当时的我根本不知道发生了什么事，甚至不能确信这则报道说的所谓日本青春偶像就是我自己。想我在日本只是一个不起眼的配角和临时演员，何时居然变成了青春偶像？所以说人生的惊喜永远来自于意外。

那时我还看不懂中文，慌忙找小徐翻译给我听。一分钟之后我确信了，这篇文章里说的日本青春偶像确实是我，矢野浩二。

毫无疑问，这则报道对我造成的震惊是颠覆性的，让我不由再次感叹命运和机遇之离奇。但是现在想来，当时的一切看似离奇的经历都是理所当然。

当时是 2001 年，中国的电影电视剧市场还没有如今这么发达，在中国工作的日本演员凤毛麟角，甚至在中国有影响力的日本演员都极其罕见，中国观众所熟知的日本艺人只有酒井法子、木村拓哉等寥寥数人，这时如果宣传有一个日本"顶尖偶像"来做一部电视剧的主角，收视率和关注度一定会非比寻常。

理所当然的，以我为核心的宣传攻势很快就开始了，在工作间歇的时候，无数媒体的采访也排山倒海地向我涌来。

现在回首看起来，当时的这些宣传简直太可笑了。不，这在当时也是很可笑的行为。顶着"顶尖偶像矢野浩二"名号的男人，实际上只是个没有什么成绩的小演员。虽然很多人都知道实情，但是为了配合宣传，在各种娱乐节目中，我还是会被描述成"在日本受到年轻人的追捧的顶级偶像……"在接受杂志的摄影时，我还要摆出各种扭曲的姿势淡定地微笑，仿佛已经习惯了这种追捧。在那段日子里，每次看到刊载着自己照片的杂志，我都会忍不住笑出来："这家伙看起来像个傻瓜一样……"

随着《永恒恋人》播出的时间越来越近，这种虚荣和膨胀的追捧已经逐渐蔓延到了我身边的人身上，很多工作人员似乎都相信了，每天都会有人跟我说："这部剧要是一播出，浩二你一定会变成中国少有的偶像。"

"矢野先生，《永恒恋人》的拍摄结束以后，你一定要留在中国！你一定会成为一个明星的。"就连十分要好的小徐，也双眼放光满怀期待地对我说。

而这时，一直抱着怀疑态度的我，不禁也开始产生了"难道真的……"这样的想法。

"我，说不定真的能在中国当偶像呢？"

留在中国

我的性格里似乎从小就有一种相信他人的基因，不管别人对我的看法和期待有多离奇可笑，我都会轻易地相信，然后满怀斗志地付诸实践。当时我之所以决定做演员，正是在东大阪的一间小酒吧常常被熟客们取笑说："你长得挺不错的，去当演员吧。"也许当时说这种话的人只是在开一个无伤大雅的玩笑，可是我却把这话当了真，然后毅然决然地去了东京。

现在，在北京又发生了和那时一样的事。

"矢野先生，拍摄工作结束后请继续在中国做演员吧！"

"中国人很接受浩二，你作为偶像一定能人气暴涨。"

不管这些话是不是真心，在我心里，"留在中国"的想法也日益增长了。

坦率地说，我当时深知我并不是所谓的"顶尖偶像"，但是我心中并没有抵触这种宣传，反而有一种在日本从未体验过的成就感和满足感，那种被身边人肯定的喜悦时时刻刻包围着我，让我对中国这片土地的留恋越来越深。然后，在距离《永恒恋人》的拍摄结束还有一周的时候，我终于做出了人生中最重大的决断。

留在中国发展！

这个决断对我以后的人生会有多么重大的影响，那时的我还不知道。

当时的我还没有适应北京的喧嚣，也并非喜欢北京所有的东西和生活方式。但是，这次的工作经历让我看到了中国深不见底的生机，还有海洋般广阔的豁达胸襟，这些东西是我以前从未经历过从未见识过的，但是第一次遇见，就感觉相见恨晚，我预感到在这里工作和生活，一定会发生一些有趣的事。

现在回头再看，才发现当时看似冲动的决定，都是水到渠成，我从踏上东京飞往北京的飞机开始，就注定要与这片广阔的土地结下深厚的情谊。

有一点必须要说明，当时的我对于 20 世纪的中日战争，以及随之产生的两国间部分国民反日、反中的情绪等相关的知识所知甚少。

至少，在中日因为历史问题而关系紧张的时候，我作为一个日本人，要在中国扎根开展工作，风险不可谓不存在，但是我当时一点都没有考虑过。

总之，彼时我做的决断，可以说因为我的自得和无知促成的吧。

结果，因为这种无知，我在以后的日子里也遇见过很多难以言说的痛苦和挣扎。

三十而立，一无所有

北京飞往东京的飞机起飞的时候，我从眩窗眺望着渐渐模糊的北京，还有和初见时一样的苍茫多云的天空，不知为何有些怀念，有些伤感。

飞机，则毫不在乎我的心情，往更高的地方飞去了。

我坐在经济舱狭窄的座位上，开始回想过去3个月发生的事。有趣的拍摄剧组、因为神奇的拍摄方式而大笑的每一天，读到倒背如流的剧本，还有和小徐的相遇。闭上双眼，北京街道的热闹似乎就在耳畔回响，我的心情变得难以形容。

"我一定要在中国取得成功。先要做的就是攒钱，准备在中国定居。"

总而言之，经过了3个月的《永恒恋人》的拍摄工作顺利结束，坐在归国的飞机里的我，心中泛起了至今未曾有过的进取心。

无论是谁都有人生的转机吧。有人在转机来临时就已经察觉，并且牢牢把握在了手中，但是有些人，却在过了许多年，回首过去时才会发觉。

对于我来说，人生最初的转机，是去东京后作了森田先生的随从人员。

第二个转机是接下了《永恒恋人》的拍摄工作，来到中国。

然而，最大的转机，无疑是我决定作为演员留在中国发展。

　　当一个人真正考虑改变持续三十年的生活轨迹，无论是谁都会感到不安。特别是留在异国他乡这种重大的事，你会考虑到今后自己的人生规划，从而始终不能冷静，惶恐、茫然随之而来，并久久缠绕着你。当时的我，每天都沉浸在这种复杂的心绪中。

　　但是，人生只有一次。与其因为错过机会而后悔，不如尽自己所能去拼搏，这样就算失败了也不会后悔。对我来说，虽然环境改变了，但是"成为演员"这个目的始终没有动摇，所以不管身在何地，自然会做出最符合自己内心的选择。

　　而对于就快 30 岁的我，恐怕这也是我人生中最后的一赌了。

　　就是现在，悬崖边的再起计划已经开始了。

第二章 我在日本

东京东京

此次回到日本之后，我打算尽快返回中国。

但是，我内心深知，下一次去中国，就是完全的白手起家，再也没有准备好的工作等着我。所以为了多做准备，我必须在短时间内赚更多的钱，就算体力工作也必须去做。那段时间，我忙得暗无天日，但是内心充满了干劲，因为我已经看到了自己的前路。

突然要去中国，跟之前三十年的生活圈彻底割裂，并不能潇洒地说走就走。在日本的人和事都需要去交代。我家在东大阪郊外的小镇上，家里有三个姐姐照看，这方面并不需要我太过操心。在日本的朋友们也都有自己的生活和工作，我的离开并不会造成太大的影响。

唯一让我放心不下的，就是我在日本的雇主，我已经跟随其八年之久、当时是参议院议员的森田健作先生。

森田健作先生是我的老师和恩人，在之前的八年中，我作为他的随从人员，一直在照顾他的生活，此时，我要自私地离开日本去往中国，想来会对他的生活造成不便，而且，我的这个计划在日本几乎前无古人，森田先生是一个极具智慧的长者，他可能并不会同意我这个冲动的决定。然而，不管怎样，既然做出了这个决定，就必须勇敢地去面对。

回到日本不久，我就来到了森田先生的事务所。3个月不见，森田先生还是那么忙碌，甚至都没时间听我谈起在北京的故事。

"森田先生，我要辞掉随从工作……我，想去中国工作。"果然，说出这句话是需要勇气的。

瞬间，事务所里安静了，坐在一旁的经纪人惊讶地偷偷看我。

说出第一句话以后，我忽然觉得一切都变得简单了，接着说："我并没有认为这是件简单的事。但是，通过这次的拍摄工作，我想在中国发展的想法越来越坚定。真的非常感谢森田先生此前八年的帮助和提携，现在我想自己去中国闯一闯，希望森田先生允许。"

我直视着森田先生的眼睛，一气说出了这些话。

森田先生的视线一直没有离开我，我忽然想到了第一次见到森田先生的情景，那时候的我还是个乳臭未干的少年，莽撞地跪在他面前请求做他的随从人员，甚至连他的眼睛都不敢直视，那时的记忆突然潮水般涌入大脑，我怀念着那时的感觉，微微笑了出来。

突然，森田先生爽朗的笑声响彻了整个事务所。

"哦，这不挺好吗。去吧！"森田先生的做法一如既往地出人意料。明明跟随自己8年的弟子和随从人员要离开了，他却显得这样轻松。森田先生笑了一会儿，继续说："我觉得你很适合去中国发展。从第一次见你的时候，我就觉得你是个不一般的家伙啊。"

"啊？"听到森田先生夸奖我，我有点受宠若惊，没有反应过来。

"就像悬崖峭壁上的杂草一样，你有那种不屈的坚强意志和生命力。这是很值得骄傲的素质。"

"是。"

"不过，你要去中国，要必须记住一点。不论何时，都要以一个成年人的身份去面对人情世故。受到他人帮助的时候，就带着感谢报恩吧，遇到失败挫折，不要找借口，要低头认错。这一点你一定得遵守！"

"是。"

"你能遵守这些原则的话，成功之前都不要回日本来。你以

2005 年的矢野浩二

2006 年，《快乐大本营》

2007 年 9 月《 勇往直前 》

2006 年《鲁豫有约》

2009 年 5 月

2009 年 7 月《翡翠凤凰》全国首播见面会

后面临的学费也由我来出。"

"……哎？"突如其来的关爱和恩惠让我不知道该说什么才好。

"你啊，如果不好好去学校学习中国话我可不饶你。你的学费我来付，你一定要好好学习啊。"

"太感谢您了……"我本来想说这句话的，但是忽然胸口一紧，什么都没能说出来。不知不觉地，我的眼角已经涌出了大颗大颗的泪珠。

"不许哭！"森田先生一声大喝，这句话在我刚做他随从人员时听过无数次。但是今天的这三个字，却比至今为止听到的所有话语都温暖。

森田先生对于我来说，不仅仅是雇主，更是师长和前辈，我从 20 岁到 28 岁之间的整整八年岁月，都是在他的照顾下度过的，如果没有他的提携和帮助，我可能永远都不可能在东京这座大都市立足，也不可能接到来自中国的工作机会。

此时，看着他依然严峻的面容，那些关于他的回忆潮水般向我涌来。

我的梦想

如今，若是问十几岁的少年，你的梦想是什么？我想能回答上来的人并不多。梦想是什么呢？

梦想也许是自己愿意为之奋斗一生的目标，虽然历经艰难险阻，依然矢志不渝前行。这对于十多岁的少年来说是非常艰难的事，因为在少年时期，很少人能有能力客观全面地了解这个世界，找到属于自己的位置。

就我而言，我以演员作为毕生的追求和目标，也并不是从小就开始的。这个决定更像是无数契机推着我前进。但是，只要确认了方向，并全力以赴，感受到其中的魅力，这个目标逐渐会变成你生存的意义。

我已经年过四十，自然能云淡风轻地说出这些话，可是，在我十几岁的时候还远远考虑不到这些。当时的我在大阪府东边的一个小镇上上高中，成绩并不突出，家庭境况也不好。整个高中时期都是在迷惘和捣蛋中度过，那时候能看到的未来似乎只有生于斯老于斯，跟所有周围的同伴一样度过一生，东京、北京这些世界大都会对我来说就像是另外一个次元的事。

高中毕业以后，我没有继续上大学，而是在大阪开始找工作进入社会。当时的经济形势并不好，工作理所当然不好找，我先后做过邮递员、送奶工等各种工作。

20 岁的时候，我在一家小酒馆做酒保，然后，在这里被人随口讲到的一句话，成了我人生中最初的转机。

当时我工作的地方与其说是酒吧，不如说只是一个地处暗巷的小饮酒场所。店面狭小得像一个简陋的储物间，最多来 8 个客人就塞满了。

那里的员工除了我自己之外，就只有五十多岁的老板了。来光顾的客人也大多数都是常客，有附近的居民，还有在周边工作的白领，甚至有被人带来的陪酒女，这里地方虽然不大，但是鱼龙混杂，每天都会展开一些稀奇古怪的话题。

我不能喝酒，每天听客人们聊天就是比较重要的娱乐活动。

有一天，一位常客不知道说起了什么，忽然对我说："浩二，你还年轻，怎么能待在这种地方啊。脸长得也不错，不如去东京当个演员什么的呗！"

他可能只是随口一说，可是却不经意让我心里泛起了涟漪。

演戏？当演员？我可以吗？这样离奇的未来是我从未想象过

的，我不仅没有什么演技和经验，甚至连这个行业的基础知识都一窍不通，此时他突然跟我说我可以做演员，怎么看都像是在开玩笑。我本来也想一笑而过，没想到这时，周围的客人也开始附和说："这个主意不错啊。浩二的声音也很洪亮，说不定真适合吃这口饭。"

见鬼！声音洪亮和做演员之间究竟有什么关系啊？说这话的客人明明已经喝醉了，却还不忘煽动别人。但是到后来，常客们都开始说："浩二去做演员吧。"

甚至到后来，店长都笑着跟我说："你要是成名了，一定在电视上帮忙宣传我们店啊！"

不知不觉之中，"矢野浩二做演员一定会非常成功"这个假定的话题渐渐传开，大家开始兴冲冲地讨论"突击矢野浩二的故乡"的企划，甚至开始认真考虑电视台来酒吧取材时我该如何应对。

我原本就是一个唯恐天下不乱的捣蛋鬼，被大家这样一说，居然也情不自禁地开始感觉自己也许真有做演员的潜质。后来我一直在想，我把别人随口取笑的玩笑话当真究竟是为什么？纯粹是因为我太容易相信别人？还是因为我天生就是个不安分的人？

无论如何，因为这玩笑似的话，从那天开始，我就在心中决定了自己的梦想，当一个演员。彻底做出决定以后，我的斗志也史无前例地燃烧了起来，开始认真地计划以后前行的路途。

要做一个演员，就不能再在大阪这偏僻的乡下继续得过且过下去了。应该马上去东京学习表演。事不宜迟，几天以后我就跟老板提出了辞职。

"我要做一个演员，要去东京了。"我一本正经地跟老板说。

老板无语得半天没有说话，见鬼了似的上下打量我。

"这个白痴还真把醉话当真了啊！"他心里一定在这样想。

然而，找到了做演员这个梦想，眼中的一切都在闪烁的我，对老板的表情完全没有在意。

出发，去东京

做出决断以后，我连一刻都不愿意浪费，开始想办法踏上去东京去的旅途。

当然，作为一个从未离开过大阪府的乡下少年，我并没有直接去东京立足，而是先找了一份在新干线车内做销售的工作，主要工作是推着流动服务车销售食品，收入并不高，也并不能让我和演员这个梦想之间的距离拉近一分，可是这份工作能让我有机会往返东京。

对于当时的我来说，东京是个未知的城市。唯一的印象只有林立的高楼大厦，还有绚烂夺目的霓虹灯，然而这些浅薄的印象，也只是从杂志和电视上看到的只言片语，这之外的其他细节，我还是一无所知。

天性莽撞的我，在内心深处，却有着心思缜密胆小怕事的另一面。少年时打架都只敢挑比自己更弱的对手，那种狡猾的周密性和胆小的精神，在去东京这件事上再次体现了出来。

在去往不了解的目的地前，我必须要先做一个大概的了解，从杂志和电视上得到的情报并不够。为了能够顺利地开始在东京的生活，去实地考察一次是不得不做的准备。

从这方面考虑，在新干线上工作的好处显而易见。

首先能免费去东京。就算当天返回的线路，也有数小时停留的机会，遇到需要过夜的线路还能在东京待一整夜。

这些时间对于我来说弥足珍贵。多亏有这些时间，我才能在东京找到兼职，还能亲自去调查租房价格的行情。

除了这些工作，我还在东京买了很多演艺界杂志，收集关于艺能事务所和新人选拔的信息，我的安排在有条不紊地进行着。

之后不久，终于到了离开大阪的日子了。我胸怀"成为演员"的野心踏上了旅途。

如果一个人对表演没有兴趣，是不会憧憬演艺界的。在之后的日子里，我逐渐确信自己在少年时代就对做演员这份职业抱有希冀，所以终于踏上这条路途的时候，我没有迷惘和恐惧，反而充满了前所未有的激情。

这个改变我人生的决定很大程度上得益于周围人的煽动，还有我与生俱来的捣蛋鬼精神。同样地，在这之后，这种捣蛋鬼精神也在一次次引导我走向下一个舞台。

这种破釜沉舟的精神，是我穿过困境时绝对不能丢弃的东西。

"不论怎样，去做出点儿名堂来吧！"

当时的我已经有了觉悟。抱着对新的人生的期待与兴奋，我向着东京出发了。

那年是 1990 年，我 20 岁。

现实苦难

我在东京的据点位于江户川区北部的小岩街道。

对于从东大阪市这个偏僻的小城走出的我来说，东京果然是让我头晕目眩的世界。首先，建筑物的高度就不一样，到处都是仰视上去脖子都会疼的巨大的办公楼和商业设施，吞吐着数目庞大的人群。我不禁感慨这么一个地方竟能聚集起这么多人。

当然，东京并非全部都是高层建筑。除去正在开发的地区，还有不少中低层的住宅区。占地很广的商店街、陈旧的木制公寓和独户住宅也有。而小岩又是个在都会之中极少残存着人情味、泛着悠闲气氛的街道。

初到东京时，我暂时在小岩街一个名叫"蒙娜丽莎"的居酒屋打工谋取生计。工作时间周一到周五，每天下午四点持续到深夜。

而住所，则在"蒙娜丽莎"的店长所属的公寓内，我很感激"蒙娜丽莎"的店长，让我刚到东京的那段日子不用为房租发愁。

那时白天有空的时候，我就去临时演员养成所上表演课。很久以后，我才发现那里不过是管辖着广告模特和电视剧路人演员等临时演员的小事务所，与杂技艺能演员介绍公司或剧团开展的课程不一样，课程都是走走形式的东西。在那里，我进行了发声练习、绕口令还有讲台词的训练。然而没有人表扬，也没有人批评。一切都漫无头绪，只能任由上课时间流走。

但是，不得不说，那个小事务所是我演员事业真正的起点，在那里，我第一次得到了角色。

那个角色只是一个没有台词的路人，却需要用几十倍的时间等待才能出镜。

第一次真正演戏，虽然等待时间很长，我却完全没感觉到辛苦。在我的眼前，那些平时只有在电视上才能见到的演员、认真看着摄像机的导演、慌忙地到处跑动的工作人员，仿佛被一层耀眼的光芒所笼罩，我不由自主地感到一种无以言表的兴奋。

"演员修行最重要的不是在练功房上课，而是感受拍摄和现场的气氛。"这是我在第一次演戏中收获到的感悟。

那次以后，我向事务所提了请求，以便获得更多在现场工作的机会，也陆续接到了几个角色，依然是没有台词的路人，但是我都在尽全力做到最好。

那段日子，我贪婪地吸收着表演现场的各种知识，感受着表演现场的气氛，见识了许多演员的演技，这些都为我积累了宝贵的经验。

演员有很多类型，真正能称为演技派演员的并不多。极少数有才能的演员，在摄影机开始运作之前，整个人的气场就会产生变化。不论神情或动作，甚至连说话的方式，都变成了饰演的角色。每当切实看到这种演员的厉害之处时，我都会感觉身体又一次紧绷起来。

随着这样不断积累经验，我开始抑制不住想要在摄像机前尽情表演的心情。

然而，无奈的是，事务所给我的工作总是临时演员，连台词都没有。

仔细想想，造成这种处境的原因，或许正是因为我所属的事务所只是一家临时演员事务所。要接到有台词的角色，就必须想办法改变周围的环境。否则，要是一直演这种连台词都没有的临时角色，那我当时踌躇满志地来东京又有什么意义？

话虽如此，当时的我却完全不知道该怎么做，东京对我来说还是一个巨大的未知地带，我也并不认识演艺界的其他人，要改变这种境遇谈何容易。

向有名的演艺事务所投简历吗？但是就算成功进入了事务所，没有足够的资历，依然只能做临时演员。

干脆做一个自由演员吗？然而没有足够的人脉关系，将来的工作无法得到保障，只会越来越被边缘化。

"就没有什么好办法了吗……"

在居酒屋里端着掺水的便宜威士忌，我的脑海中一刻不停地思考着这个问题，终于有一天，一个打破现状的办法忽然浮现。

下跪

一个午后，我在公寓看电视，忽然似乎受到了上天的启示。电视上播放的节目，是朝日电视台的《森田健作的热血电视》。我被节目吸引住了，看着电视里的森田健作先生，大喊：

"做森田先生的随从人员，一定能学到东西！"

森田健作先生是日本 20 世纪 80 年代的青春偶像演员，以主演热血青春剧知名，他的青春电视剧是日本一个时代的记忆，特别是《我是个男人！》这部电视剧给我留下了无与伦比的深刻印象。

那个以"青春"之名锻炼男学生软弱的身心的角色，简直是热血男人的代表。十几岁时的我，已不知将这部电视剧反复看了多少遍。

而正是因为心里将森田先生作为偶像，所以直觉告诉我，森田先生一定有听我故事的宽广胸怀。

"如果接受这个人的严格教导，并得到肯定，那我不就能独当一面了吗！"那时的我把一切赌在了自己的直觉上。

给名人当随从人员，是我所能想象出来提高自己的最好办法。既可以堂堂正正进入拍摄现场学习演戏，还能解决吃住问题。不用说一石二鸟，三鸟的好处都有了。

而且，森田健作先生，那可是日本人尽皆知的著名演员。出道的时候就出演了许多青春电影和电视剧，被称为"青春的巨匠"。

他在《我是个男人！》中出演的专心剑道的纯朴青年，受到了我母亲那个年龄段的女性的强烈支持，至今盛名不衰。

现在的森田先生虽然因为年纪的缘故，不能出演青春剧，不过通过作娱乐节目的主持人还有出演时代剧等工作，依然有着无穷的威信和号召力。

通常要做随从人员，首先要跟他所属事务所联系才能进行。但是当时的我并没有那种意识。我并没有在他的艺能事务所就职的打算，我想，要做森田先生的随从人员，直接和他本人会面交涉可能才是最好的。

与生俱来的行动力再次帮了我，决定这件事以后，我就没有再迷惘，而是在极短的时间内就做好了准备，并开始行动起来。我很快就考察清楚了会面地点——朝日电视台。

彼时，森田先生在朝日电视台有一档直播节目《森田健作的热血电视》，播出时间是每天中午的十二点到十二点五十分。根据我的调查，在节目快要结束的十二点四十时接近摄影棚，就有极大的可能见到森田先生。

朝日电视台位于六本木地区，是六本木最显眼的一座灰色的巨大建筑。我之前不仅观察了周边的地形，还潜入电视台内，将综合前台和电视台人员专用通道，以及其他可以悄悄通过的进出口全都调查了一遍，做好了万全的准备。

第二天，我又来到朝日电视台，掩藏着内心的紧张与兴奋，走向服务前台。

　　进入电视台的第一关是前台。我打算谎称是电视台里的人，大胆地从正面潜入摄影棚。虽然心脏已经像打鼓似的跳个不停，但我一点也没有让人看出来，并说出了昨天练习熟悉的台词。

　　"我是 Sun Music 的人员，已经和森田先生预约过了。"

　　"辛苦了。请进。"前台痛快地把入馆证交给了我。完美的行动！我根本没想到之前在演艺事务所课上培养的演技居然会用在这种地方。

　　电视台大楼内部的构造很复杂。摄影棚有很多，要到达目的地就必须沿着迷宫一样的通道走一大圈。

　　我一边在陌生的空间里东跑西窜，一边向森田先生所在的摄影棚快步进发。途中还多次向台里的人询问路线，幸运的是没有被当场揭穿扭送出门。

　　千辛万苦到达录音棚的时候，正是《森田健作的热血电视》录制结束的时候，简直是天赐良机。在场的工作人员刚刚结束工作，正在互相说着"辛苦啦！"，还有一些工作人员正在前后跑动着撤收录制设备。

　　我紧张地看向舞台布景，森田先生的身姿果然适时出现了。

他看起来长着比周围其他人还稍高一些的身材，发散着大明星特
有的威严气息。

当时，我紧张得手心满是汗水，双腿也开始发抖，一直没有
发觉的惶恐突然淹没了我。没有预约就突然出现，然后请人收自
己当弟子，简直是疯狂的行为。可能对森田先生来说，我只是个
不知哪里来的不知天高地厚的黄毛小子。

过了一会儿，我慢慢冷静了下来，心想："如果什么都不说
就这么回去的话，那就真是个白痴了。"

下定了决心，我就偷偷摸摸地混进拥挤的人群，慢慢向森田
先生的方向靠近，很快，就走到了森田先生对面，我脑子里忽然
变得一片空白，一句话下意识地被我大声喊了出来："森田先生，
您好，不请自来十分抱歉！我叫矢野浩二，想跟随您学习做一个
演员。请允许我做森田先生的随从人员吧！"

听到我这句话后，森田先生是怎样的表情我并不知道，因为
在说完这句话时，我已经直挺挺地跪在了他面前，额头碰在了地上。

周围一下子安静了。恐怕不只是森田先生，周围所有人的视
线都聚集在我身上吧。在那短短数秒的时间里，整个摄影棚的空
气就像完全静止了一样。

　　跪在地上的我，此时也冷静不下来了。坦率地说，我事先并不是没有下跪的想法。但是为了能被森田先生纳入麾下，我只有先将自己强烈的心情表现出来。就这样，我突然做出了下跪这样极端的行为。

　　"那么，那边有经纪人，把资料交给他吧。"森田先生似乎想都没多想，留下这样一句话就快步离开了摄影棚。

　　根本就没把我看在眼里！

　　我知道这时候不能退缩，站起来跟着森田先生跑出摄影棚，赶到走廊里，再次在森田先生的面前跪了下来。

　　大概是察觉到了这非同寻常的场景，很快就出现了几个人将我控制住了，然后强行拉进通往警备员室的电梯里。

　　我看着渐渐走远的森田先生，拼命地呼喊："森田先生！森田先生，请听一听我的想法吧！"

　　我的呼喊声徒劳地回响在走廊里，眼前电梯的门无情地关上了。

　　这就是我的"向森田先生下跪事件"的原委。这是值得纪念的，我与森田先生的初次会面。

第一个梦想完成

下跪事件很快就过去了，理所当然地，没有任何下文，接下来的日子里，每次想起那次事件，我都在后悔自己的冲动，也许我的行为没那么极端的话，结果会更好一些吧？

在很长一段时间内，我已经断绝了做森田先生随从人员的想法，甚至连做演员这个梦想都有些动摇，我不可避免地陷入了无穷无尽的失落之中。

但是没想到，一个月后的某一天，我突然接到了森田先生经纪人的电话。

"我是森田健作的经纪人。最近几天可以出来见一下面吗？"

"哎？！您是森田先生的经纪人？！"我的声音不自觉地升高了，事情太过出乎意料，我惊讶得碰倒了桌子上的罐装咖啡，深棕色的液体洒了一地。

那天以后，我确实在森田先生的事务所留下了资料，但是发生了那种事，就算经纪人看了我的资料，录用我的概率也是无限趋近于零的。没想突然峰回路转，我居然接到了这个电话。

几天后，我在森田先生事务所附近的咖啡店和他的经纪人见了面。

"下跪事件"发生时他就在森田先生身边，所以这应该是第二次见面了。他年龄 30 岁左右，但体形和气质却表现出 30 多岁的人所没有的威严，眼镜后的瞳孔，很细，很尖锐。

"随从人员啊，雇用你也可以。因为森田先生也挺忙的，确实需要一个人照顾他的生活。"经纪人很明确地说了这句话。

"不过，随从人员的工作很辛苦。工作时间不固定，每天早上要去森田先生家门前接他，回家时也必须要送。晚上的睡觉时间可能很少。"

"没问题！我已经有觉悟了。"我直视着经纪人的眼睛，毫不犹豫地回答了。如果人生确实有扭转命运的机会的话，那么对我来说，这次就是第一个机会，我早已经做好了准备，所以不会有丝毫犹豫，接下来的对话进行得很快：

"嗯。你有驾照吧？"

"有！"

"森田先生的车是丰田的'世纪'，你以前开过吗？"

"没问题！我在大阪开过丰田的'赛利卡'。"

"东京路上的车很多，你开车没问题吧？"

"没问题！我经常开车在阪神高速跑。"

"首次任职的工资，是一个月三万日元。能做吗？"

"没问题！"

……

不管经纪人问我什么，我都是回答"没问题"。虽然很明白对话有些不协调，但是为了得到这次机会，我必须全力以赴。因为能结束无休止的临时演员生涯的，就只有这次机会了。

面试后又过了1个月，我收到了森田先生演艺事务所的录用通知，那一刻我的喜悦至今记忆犹新，似乎有一扇新世界的大门对我敞开了，面前呈现出了无限可能。

事后，我才知道，当时对录用我做自己的随从人员，森田先生本人并不赞同，原因是：

"那种危险的家伙，能当随从人员吗？！"

当时为我打圆场的人，正是面试我的经纪人。

"他虽然看着不怎么聪明，但是有干劲有毅力，做随从人员绝对没问题。"他是这样给森田先生保证的。

说我不聪明什么的先放在一边，单单向森田先生这么推荐我这件事，就足以让我对他感激终生。

从那时开始，我的随从人员时代就开始了。

那时的我，还完全想不到，这份工作我会做八年之久。

东京小职员

日本演艺圈中的经纪人和随从人员两个工种的任务分配是完全不同的。

经纪人的工作侧重于管理艺人的日程，包括对外协商和签合同、参加企划的拟定工作、处理演员出演工作的各种业务。

而随从人员，则主要负责接送等日常生活，还要一手接下各种杂活。

　　能做森田先生的随从人员，对我来说就像是溺水的人抓住了救命稻草，内心早已决定拼尽全力干好这份工作，但是人生处处有意外发生，万万没想到开工的第一天就出现了意外，那件事至今想起来我都后怕不已。

　　那一天晚上八点森田先生在六本木一家餐厅有聚会，我需要下午 7 点半到他位于目黑区的住宅迎接，然后送他去餐厅。

　　开工前一天，经纪人曾郑重地跟我说："无论如何要避免迟到。森田先生爱发火，你要是慢腾腾的一定会被训斥。矢野君，在你之前做随从人员的那个孩子，才过了两周就叫苦连天了。"

　　被他这么一说，我立刻警惕了起来，为了不出纰漏，提前 10 分钟就到了森田宅邸，以确保有充裕的时间开车驰往六本木。

　　从目黑到六本木开车需要 20 分钟，算上堵车最多 30 分钟。然而，出发已经 40 分钟过去了，却还是没有一丝即将到达目的地的迹象，映入我眼中的都是相似的写字楼和车流，那家餐馆仿佛故意躲着我似的，没有任何要出现的意思。

　　我一边看着前方，一边抽空看着地图往前开，后排，森田先生无言的压力潮水一样向我涌来。我的大脑也早已变得一片空白，握着方向盘的手不停地出汗。

"再这样下去，工作的第一天就要被狠批一顿了……得赶快到达目的地才行！"

但是，越是着急越是出错，出发后 50 分钟的时候，我已经完全不知道在什么地方了，至于那家传说中的餐厅，我已经没精力去考虑了，因为森田先生带着怒火的声音从我的身后忽然响起：

"矢野，你在往哪里开呢？"

"那个……不是……"

已经完全迷路的我，根本不知道该怎么回答才好，只能含糊其辞地解释。

森田先生终于雷霆大怒了："蠢货！你到底在想什么！这次的工作，可是一分钟就有一两百万日元在运转啊！你知道吗！"

狭窄的车里，回响着能让头发倒竖的怒吼声。我像是被突然抽走了魂魄一样，周围的建筑、手中的地图都完全看不进去，急得不知不觉眼中涌出硕大的泪珠。

我竟然一边开着车，一边大声哭了出来。

"哭有用吗！笨蛋！"森田先生焦躁地怒斥。

我硬着头皮，调整了一下精神，专注地开始找路。结果，到达那家餐馆的时候，距离出发时间已经过了一个多小时，迟到了整整四十分钟。车刚停下，森田先生就沉默地下了车，只留下满脸泪水和汗水的我。而我，脑中已经一片空白，不知道接下来要面临什么惩罚。

可能路痴这一点是我的天赋技能，在接下来的一个月中，同样的错误又重复出现了好多次。作为日本著名演员，森田先生的活动地点很多。今天去 K 摄影棚，明天去 T 摄影棚，私人时间会去很多生僻的店里聚会。

我必须在东京纵横交错的道路网中选择最短的路线，以最短的时间将他送到目的地。那时还没有汽车导航仪，对于出身小地方的我来说，要把这份工作做到游刃有余，真是极其困难的一件事。我不得不每天度过这种让我感到胃疼的日子。

除了迷路，撞车的事故也发生过不少。

毫不夸张地说，在整个随从人员期间，我向事务所申请的修车费最少都有几百万日元了吧。我记忆最深刻的一次，是在森田先生家的停车场发生的擦碰事故。

森田先生所在的社区是高档社区，停车场里豪车云集，我每次停车都会小心翼翼，生怕撞到其他豪车。那天我送森田先生回家以后，也像平时一样小心谨慎地去停车，但不知为什么，咚的一声，车的保险杠就撞到了后面的墙上。当时我心想完了，这份让我格外珍惜的随从工作要结束了。那时候，我也不止一次地想到要不要放下行李就这么跑掉。但是，每当这个念头浮现出来，我都会想："我在想什么呢。逃跑的话，梦想可就永远没有实现的机会了！"

在停车场里发呆许久之后，我终于鼓足勇气，敲开了森田先生家的门。

"森田先生……我碰车了。"

"和经纪人说去！"森田先生气得怒吼。

我慌忙借用森田先生家的电话汇报情况，然后受到事务所的严厉训斥。

这种事后来发生过很多次，但是每次都会在森田先生的怒吼中得到解决，修车的钱当然都是事务所出的，森田先生一次都没有要求我赔偿。

现在想来，森田先生虽然经常发脾气怒吼，但是在内心深处，还是在庇护着我。

刚开始做随从人员的时候，每一天都是在这样的辛苦中度过，我时常会觉得举步维艰无以为继，但无论如何被训斥，不论流多少眼泪，第二天早晨我一定会若无其事地按下森田先生家的内线电话，准时赶到他家门前。

所谓随从人员另一个身份就是那个人的弟子。就算被斥责，也要当作对自己的关爱虚心接受，心里要坚定跟随这个人的信念。

没有人脉和技术的我想要在这个行业里站稳脚跟，只能坚持下去。要是丢了这个工作，我的所有梦想和野心都只能是镜花水月。所以就算失误不断，我也绝不泄气。

"现在的我一无所有，只有毅力。就算逞强，也要坚持下去！"

20 岁的我这样劝说自己。

现在每次见到森田先生，我们一定会聊到当他随从人员的话题。后来他告诉我，其实当初对我那么严厉，与其说是关爱，倒不如说是想让我快点辞职的一种手段。

"开车开得差还迷路，这种无可救药的家伙真想快点让他辞职。可是，不管说了多少次'你快辞职吧'，第二天还是会准时来接我。那时，我心想着这家伙还挺坚持着呢，反而有些佩服了。"森田先生如是说。

那时的我，一定是沸腾着让"青春巨匠"都吃惊的热情。

随从工作进行两个月后，我逐渐变得不迷路，游刃有余地开展接送工作了。当然，在这么短的时间里将东京的线路熟记于心是不可能的，但是我找到了另外一种让工作更有效率的办法。

那时每天工作结束后，我都会得到第二天工作计划的地图。我会拿着这份地图，在回家之前先去跑两次。有了这个方案，我再也没有迷路过。

但是随之而来的，却是工作量的骤然加大，每天深夜，我都要拖着疲惫的身躯去探访第二天的目的地，翌日清晨，还要准时去接森田先生出门。

工作固然辛苦，但是在精神方面，我却很开心。因为就算再怎么疲惫，再怎么艰辛，跟圆满完成工作的满足感比起来，就显得格外云淡风轻了。

因为持续数年时间进行事先调查再开车接送，自然而然地，我对东京的道路网络变得格外熟悉。在之后的 8 年随从生涯中，迷路这种事一次都没有发生过。

命运的抉择

随从工作里，有一项工作是修剪别墅庭院的草坪，森田先生在有空闲的时候，也会跟我亲自动手，剪草的时候，我跟他之间并没有太多交谈。然而，有一天午后，我跟他修剪草坪的时候，他突然出乎意料地说了一句话。

"矢野，我要参加选举了。"

我和森田先生，平日里除了工作上的事很少有对话。随从人员随便向师傅搭话在行业内是很忌讳的，而且森田先生性格严肃，不必要的时候也不会和我说话，所以虽然森田先生突然抛出了石破天惊的话题，可是我们之间的对话也依然平淡地进行着。

"哎？您说什么？"

"我要参加选举，参议院。"

"是……是嘛。"我木然答应着，脑子里已经乱成了一团，好像一直计划的未来，突然被这句话斩断了，前路，再次茫然了起来。

以做演员为前提拜的师傅，突然决定进入政界。这对我来说简直就是晴天霹雳。

"选举？参议院？那我到底该怎么办？！"我生平第一次感受到了未来的不可知。然而就算如此茫然，在没有想好下一步之前，我还是需要做好森田先生的随从人员这份工作。

从森田先生决定参选那天开始，为了配合选举活动的日程，我的生活突然发生了巨大的变化。我脱下了带有演艺事务所商标的 T 恤和牛仔裤，换上了西装革履，走上了街头为森田先生拉选票。

而在开车接送等固定工作之外，我的工作也增加了很多以前不熟悉的内容。有时我会穿着西装前往各个公会、政党，与相关人员接触，为森田先生争取支持。有时还会扛着"森田健作"的旗子，在各个商店街游行。甚至还与当时属于社会民主联合、后来做了日本首相的菅直人一起吃过鳗鱼便当。

如今想来，这些工作并不是徒劳，至少为我以后跟各种机构打交道积攒了宝贵的经验。

1992 年，森田先生在第 16 回参议院议员通常选举中当选，以无党派的身份，堂堂正正地当上了参议院议员。

那一刻，我的心情复杂得难以言喻。自己的师父森田先生能够当选当然是一件值得庆贺的好事，但是对于我来说，意味着对未来的不可知和不可控又加重了一层。

"我该怎么办啊？"这个问题之后长时间回响在我心中。

我的师父转型成了政治家，恐怕不得不和演艺界保持距离。这意味着我接触演艺界的机会也会随之变少，另一方面，我并不想成为议员秘书。我的梦想一直是当演员。

但是，我也没有在这个时间点辞职的觉悟，因为就算辞了职，我也想不到还能有什么新的发展。

我一边苦恼着，一边按部就班地继续做着森田先生的随从人员，我也只能当这是命运安排的一部分，放纵地随波逐流了。

重要的一课

接下来的七年中，我一直在与自己的内心战斗。一边默默做着森田先生的随从，在永田町附近的高楼大厦间穿梭，一边在思考着自己的未来。

在随从工作的第五年，我终于被允许可以兼职做演员。

难为你忍耐了五年……也许会有人这样想，但是，在随从这份工作上常有疏漏的我，能破例兼职做演员，绝对是史无前例。

森田先生能同意，大概也是因为在我没有思想准备的情况下，他把我从演艺界转向政界而感到内疚吧。

虽说可以在工作间隙做演员，但我大部分时间还是在永田町度过，这就意味着，我不可能接到演员工作并建立人脉。

所以，我再次陷入了初到东京时的境地，开始主动出击，努力寻找演员工作。

森田先生参加正式会议时，日程表有 3 ~ 4 小时是空白的。在给森田先生的秘书报备以后，我可以利用这段时间自由外出。

那段时间，森田先生"世纪"车的后备厢里，总是准备着两套衣服。我穿着西装，将森田先生送到议员会馆后，再迅速换上 T 恤和牛仔裤后，然后去电视台和制作公司碰运气。

"我叫矢野浩二。现在一边做森田健作先生的随从人员，一边做演员。我什么都能做，还请您多多指教！"这是我那时常用的开场白，这也是我跟着森田先生工作锻炼出来的技能。

那时的我跟初到东京时已经截然不同，具有丰富的与上层人士接触的经验，还有相当的胆量和推销措辞。

这些素质让我在找工作的时候能够尽情发挥，但是多数情况下，还是会被拒绝，原因都是千篇一律的："比起做演员来，你做森田先生的随从人员不是更好吗？"

赤坂、六本木、涩谷……

在走遍了无数制作公司后，终于开始有些小的工作开始找我了。此时的森田先生表现出了让我格外感动的开明，总是说："有演出工作的话，随从工作就交给秘书和经纪人，你去专心拍戏就行了。"

在停滞了五年之久后，我的演员生涯终于再一次开始了，我陆续接拍低成本电影的配角以及战队系列剧里的临时演员等各种角色。这其中印象最深的，是我 24 岁时出演的一个两个小时的电视剧。

在这部放映于富士电视台的电视剧里，我第一次接到了拥有名字和台词的角色。而且搭档的演员，有大牌女演员 I 和 O 等，这是我至今都没有遇到过的豪华班底。我的情绪异常高涨，以最好的状态投入了拍摄工作。

然而，久违的捣蛋鬼精神再次出现在我生命里，不过这次，它却没有帮到我，在剧组里，我开始想尽办法表现自己，积极加入了工作人员和演员的谈话。得意忘形的我，没有经过考虑，就将我唯一熟悉的素材——森田先生的搞笑事件一个一个地披露了出来。果然，工作人员被我惹得大笑，现场气氛也被炒热了。我正对这个结果感到沾沾自喜……

但是我没想到的是，主演的女演员 I 突然把我叫到了演员休息室。

我立即察觉这不是什么好事。在休息室里，I 边抽烟边看着我，她不愧是大牌演员，那种威压感，让人不敢直视。

她瞥了我一眼。

"你啊。为什么要轻佻地说出森田先生的这些事？他不是你的师父吗？"

她直言不讳地开始训斥起我来。

"我从 Weekenter 的时候开始……"她从自己以前的事说起，足足说教了两个小时。当时，我又羞愧又难堪，但是又不敢逃走，只能支支吾吾地回应着"是""真的是这样""原本没有那样的打算""十分抱歉"……

那天拍摄工作结束之后，我想了很多。她说的是对的，森田先生是我的恩人和师父，我在他人面前讨论他是大不敬的行为，

2009 年 7 月

2009 年 9 月
《特战先锋》剧照

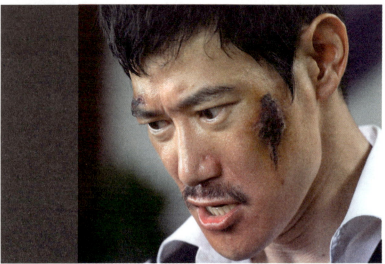

2009 年 11 月《 李白 》剧照

2010 年《香草美人》剧照

2010 年娱乐节目现场照片

2010 年《东风雨》剧照

如果没有她的及时制止，这些话传到森田先生耳中，说不定连他都会轻视我。

想通之后，我鼓足勇气，再次来到她的休息室，真诚地鞠躬感谢："今天受到您的教诲，非常感谢！"

"嗯，加油啊。"她这样说着，忽然对我报以温和的笑容。

这是 17 年前的事了。也许她已经完全没有印象，但无论从哪个意义来说，这对我都是一个弥足珍贵的教诲，让我明白了自己的不成熟。

而在同时，从一个大人物口中都能感受到森田先生的影响力，这让我格外有感触。

我要做议员？

"怎么回事呢……"

我一边像往常一样在议员会馆的停车场换 T 恤，一边深深地叹了口气。

一边做随从人员一边演戏的生活已经持续了四年之久。这四年，我每年都能接到 3～4 场戏，至于角色，无一例外都是无名路人或没有台词的临时演员。

唯一的例外，是在森田先生制作的名叫《地球防卫少女小井子》的低成本电视剧里，这是与"奥特曼"很像的科学幻想剧。我出演一个不明本体的宇宙人。每当危机来临，就变身为"奇迹人"打倒敌人。

虽然对于我来说，不管什么角色，只要有机会演戏我就很感激了。但是，一想到自己这种兼顾随从工作和新人演员的生活要持续几年时，我还是会不自禁地生出深深的无力感，放弃梦想的念头每天都在我脑中回响。

"我，这样下去好啊，一边工作一边兼职演戏也不错啊……"

这时我的收入也开始渐渐稳定了。不定期的演戏工作的角色，每次能收入大概 4~5 万日元。如果拍摄天数多的话甚至能拿到 6～7 万日元，而一方面，作为森田先生的随从人员，工资也提升了不少，虽然不富裕但也能勉强立业。

之所以有这种想法，跟我在演员这条道路上遇到瓶颈也有关系。作为演员，我逐渐察觉，自己根本不知道如何表现自己的特色和个性。

我既不是个出众的美男子，也不是专业出身的演技派。要将演员这条路走下去，就必须找出自己和他人不一样的特色。

但是我的特色到底是什么呢？和自己同龄的演员比起来，我的特点是什么呢？

这样的疑问每天都会浮现在我脑中。

不知道想了多久，最终我还是得到了结论。如果我想在演员这条路上走得更远，那像现在这样两头兼顾的话太勉强了。如果不在演戏上投入更多精力，我就不可能确立自己的特色。演员的个性，是由看了你饰演角色后的观众来决定的。而我经验不足，也还没有机会饰演足够分量的角色，让观众记住我。

想明白以后，我将自己的想法传达给森田先生。

"你说什么呢？奇迹人，那可是大角色啊！"森田先生不以为然。

但是，专注做演员，这个想法在我心中野草般开始生长，我每天都在思考自己到底想要什么。我很明白，我的梦想一直未变，演戏是我无法放弃的追求。

另一方面，我也明白，作为森田先生的随从人员度过的时间，绝对没有白费。我在经年累月的工作和与各方面的沟通中，培养了忍耐力、交流能力等作为社会人必须的各种能力。而且，最重要的是，我没有放弃这份辛苦的工作，反而认真地坚持了下来，这给予了我极大的自信。

回首自己的经历，从决定做演员到此时已经漫漫 8 年时间过去，当初上东京 20 岁出头的我也就要迎来 30 岁。20 岁的时候，周围的人总是说"20~30 岁这段时间很快就会过去"，果然，正如他们所说，这八年时间飞速流过，但是我跟梦想的距离却未能拉近一分。我史无前例地对自己的人生产生了怀疑，怀疑自己是否真的具有做演员的天赋。

而在此时，森田先生忽然跟我说了这样一句话："你当演员也可以，但是不如干脆把目标指向大田区的区议会议员！我能推荐你！"

森田先生的话给我展示了另外一种可能，如果不做演员，而是进入政坛，我就能依靠森田先生这棵大树，还有在竞选活动中积累的经验，前途不可谓不光明，至少比做演员更让人心动。

与其去追逐那个没有发展的演员的梦想，也许去做议员真的更能成气候……忽然，这样的想法浮现于脑中。

我深知，到了三十岁之后，跟我有同样想法的演员并不在少数，当初跟我一起在起跑线努力的演员如今已经没剩下几个。

三十岁，作为一个阶段点的年龄，这个词有了独特的沉重感。

但是，先不管我明白这个道理，要是以后有人问起我为什么坚持了 8 年才放弃，我总不能回答说中途来了兴致吧。

随着时间的流走，我对至今为止在演员这条路上累积起来的经验越来越难以放弃。而且我还没有遇到让我不得不放弃的失败，只是一直没有机会展示自己。当然，也许我赌上一生，这个机会都不会眷顾我，但此时放弃的话，一切就都结束了。

重要的是，等待邂逅机会，在此之前，不要放弃，坚持努力。

这就是我给自己的答案。

而在之后不久，一场能改变我命运的工作机会降临了。

命运的窗户

1999 年 12 月的某一天。

我正和森田先生一起吃午饭，忽然接到了森田先生所属的事务所 SunMusic 经纪人打来的电话。

"矢野君？我知道有点突然，但是还是想问你，你对出演中国的电视剧有兴趣吗？"

"哎？中国吗？"我没有反应过来，因为在我之前三十年的人生中，跟这个远在千里之外的国度都没有过任何交集。

"不是乡下的那个哦，是在北京。"经纪人轻松地开着玩笑。

我敏锐地预感到我一直等待的机会降临了，慌忙问道："啊……是什么样的电视剧？"

"恋爱剧。"

"什么时候开始呢？"

"明年 4 月开始，预定要花 3 个月的时间……"

详细询问之后，我了解到，这是一部关于一个日本留学生和一个中国女记者的爱情故事的电视剧。

而我，则被史无前例地指定为做梦都想不到的男主角。

很着愧的是，当时我对中国没有多少了解。说起中国，印象里只有"三国志""饺子""天安门"等这些象征性的东西。对于其历史、政治、文化，甚至是过去大战后与日本之间产生的微妙的关系都不曾了解，要去那里工作 3 个月，无论从哪方面来说，都是极其大胆的事。

但是，我立即就回答了。

"请让我做这份工作！"

我来到东京已经九年之久，但是，却依然无法摆脱配角和临时演员的领域，转眼间就 29 岁了。这段时间，我越来越深地领会到在人才聚集的东京想要混出头的困难。

没想到正在我陷入迷惘的时候，这个工作机会奇迹般的降临了。没错，我就是在等这个。等这个可以改变自己境遇的机会，一件从未有人做过的事。

与其在现在的环境里挣扎，不如干脆投身于新的环境里。我遵从了自己的直觉，我忽然想到了九年前在小酒馆做过的那个决定，跟今天是多么相似，也许我来东京九年，都是在为这个机会做铺垫。没错，去中国肯定有困难，但是经历了九年的低迷和彷徨，以后的道路不管如何铺展，对我来说都是生机。而且，那并不是电影节有名的好莱坞或香港，而是北京，这听上去不是很有意思吗。

"来工作了吗？"

森田先生的声音将我拽了回来。

是啊。如果去中国3个月，随从工作就不能做了，不管怎样先要取得森田先生的理解才是。

但是我有预感自己一定会受到森田先生的祝福。因为他可是在我做随从人员的九年里，总是支持着我演员梦想的师父啊。

面对这样的师父，我带着满心的感激，笑着回答了他。

"是！这次的工作在中国！"

第二章 从零开始

中国宅男

得到森田先生的允许，我辞掉了随从人员的工作，再次来到北京。可是我需要面对的生存难度，却在成倍地增加。

这次没有专门的剧组和工作人员接待我，照顾我的生活，甚至连翻译都没有，我必须单枪匹马，在中国，这片完全陌生的土地上生活。

完全地从零开始，白手起家，没有任何夸张。

"五道口！五道口！！"不知道是多少次，公交车嘈杂的报站声再次把我吵醒。五道口是北京北部的一个公交车站，距离我正在上学的语言学校仅有一公里，我已经在这条线路上走了一个月。

"下不下？！"乘务员的态度有些生硬。

"下！下！"我慌忙往车门处走去，一边拼命喊着。北京公交车的拥挤程度是别人无法想象的，整个公交车从头到尾都是人，简直连立锥之地都没有，我奋力拨开一个个用杠杆都撬不开的乘客，满头大汗地往下车门冲刺。

这种乱糟糟的生活是我之前完全没想到的，导致每天早上去上课时都如临战场一般紧张。

很快地，我就对去语言学校感到厌烦了。不仅因为交通不方便，更大的原因是少年时代就不喜欢乖乖坐在课堂里，如今已过而立之年，变得更加不耐烦。

当时我所在的班级里，聚集了 20 个各国来的学生。有美国人、法国人、印度人、韩国人……当然也有几个日本人。但是他们大多是十多岁二十出头的年轻人，所以一直跟我没有什么共同语言，我基本上还是一个人行动的时候多一些。

每天上完课以后，我需要乘坐一个多小时的公交车回到住处。我当时的住所在北京东部的朝阳区。这里，有一个横跨数公里、名叫朝阳公园的美丽公园。周边拥有众多外国驻京机构和高级写字楼，这座公园就像是北京这座大都会中的一片绿洲。

在很多人心中，北京是一座完全现代化的城市，高楼林立，车水马龙。但是，当你踏进北京的胡同，就会发现，这里随处可见蕴含着历史和文化的古风古韵。

这里有小型的露天食品市场，也有坐着躺椅晒太阳的老人，还有很多散落在高楼间的民居四合院。只要你找到这些地方，就会发现，北京是一个富有人情味的城市，当时我所住的公寓就在离朝阳公园不远处的一个居民小区中。

那是一间 10 平方米不到的单间，位于一座老式居民楼五楼。虽然每天上下 5 层楼累得骨头都快断了，但是房租才 1500 元人民币，我初来乍到，能有这一方居所已经格外满足了。

在北京向外租的公寓，房间里大多会预先配备最基本的家具。我的房间里也已经配备了一定程度的家具，缺少的电器等设备，只能找小徐帮我另行购买。

这是我第一次真正意义上在北京独立生活，对这边的人情世故还一窍不通。刚来那天，小徐郑重其事地告诉我："不论有谁来敲门，请千万不要出来。还有，在这附近最好不要开口说话，无论是用汉语还是日语。"

公寓里知道我是日本人的，只有负责管理的大叔。而这附近的老人比较多，小徐担心我暴露日本人的身份以后，会让他们产生不必要的反感。

不要说话！这种事现在看起来似乎有点小题大做。但是，当时是 2001 年。这一年正值小泉纯一郎出任日本首相，因为他擅自参拜靖国神社，中国国内的反日情绪又不可避免地高涨了起来。

小徐对我的建议也可以说是雪中送炭。

"矢野先生你有些迟钝，对其他的事太不经心，所以这一类事要多注意一下。装作中国人的样子也没有什么麻烦的，所以还是请你尽量不要开口。"

小徐的话让我无法反驳，只能老老实实听取了他的建议，在附近走动时总是努力低着头向下看快步走，尽量避免跟其他人接触。

虽然默不作声很难受，但开口说话更加为难。刚到北京的时候，甚至一些日常用语，都让我感觉难如登天。

汉语号称世界上最难学的语言不是没有道理的，对每个学习者来说，它都是一堵无法逾越的高墙，有的人不能理解它的语法，有的人难以学会它的文字，但是对我来说，最大的难度在于其发音。

汉语跟日语不同，说话的时候声调高低会蕴含很多信息，甚至卷舌音、鼻音都有其意义，日本人要学习中文，难点大多都在这些方面。坐公交车或出租车时，即使我用教科书上所写的发音表达了想要去的地方，但是因为语调总是无法符合汉语规则，所以总是无法表达准确。

　　还有，虽然汉字和日本汉字是相通的，但笔谈的时候双方却不一定会相互理解对方的意思。

　　有一次，我去邮局买明信片，排完长队轮到我的时候，我毫不迟疑地将写着"手纸（日本汉字）"的纸条递进了窗口。当时我觉得比起用容易引起歧义的发音说话，用笔谈的方式或许更能确切地传达自己的意思。

　　然而，窗口的阿姨看了纸条之后，表情忽然变得异常精彩纷呈，憋着笑喋喋不休地跟我解释了一大堆听不懂的话。当时我完全听不懂她在说什么，只是一味地拍着纸条，用日语说："信！我要便笺！"那次交易当然没有成功，后来我被工作人员当闹事的人轰出了邮局大门。

　　再后来，我气愤难平地跟小徐说起了这件事时，他一边大笑着，一边告诉我，在中国"手纸"是厕纸的意思。

　　听了这话，我的脸一下子红了。

　　我竟然拿着写有"厕纸"的纸条去邮局窗口，还理直气壮地大声喊叫……这行为被赶出大门简直是理所当然咎由自取啊。

　　因为还不会说汉语，在日常生活中我又无法避免地一次次重复诸如此类的笑话，所以总感觉自己的能量在不停地消耗着。逐渐地，我变得不愿意出门，不愿意跟任何人说话，深深地把自己锁在了斗室里。

几个月后，我终于连语言学校都不愿意去了。但是汉语还必须得学。最终，我选择了看中国电视剧学汉语。

跟我之前认识的不同，中国的语言并不只有一种，因为地域和历史的缘由，会产生无数方言，粤语、吴语、北方话，这些听起来完全是不同的语言，但是却都属于汉语。万幸的是，中国的电视节目绝大多数都是普通话配音。

当时的我，生活乏善可陈，整天待在家里，一边看各种电视剧和电影，一边记下不懂的词，然后查字典或者询问小徐。而此时，虽然生活艰辛，处处充满不便，可是放弃这一切回日本的想法却一刻都没有产生，我从始至终都记得自己的承诺和梦想，从未忘记，从未懈怠。

因为语言不通，我在北京的生活圈子狭小到了极点，基本上唯一的谈话对象，就是偶尔会来玩的小徐了。

而我之所以过着如此艰辛的生活，除了语言不通的问题，还有一个原因，便是《永恒恋人》始终都没有走红。

"在中国也许能当偶像！"我这甜美的幻想，在来北京后不久就幻灭了。

首战败北

在中国，电视剧拍摄结束以后并不能立刻播出，而是会先送国家文化机构审核。一部电视剧没有得到审核部门的认可，就不能播出。我的第一部电视剧《永恒恋人》也是，拍摄结束以后，审核了长达一年的时间才播放出来。

《永恒恋人》播放的时间是 2001 年，正值我第二次来到北京，当时每天晚上 5 点，我都会把电视调到播放的频道。看着电视屏幕里的自己，我一边觉得不可思议，一边有种隐隐的希冀，我开始不由自主地幻想凭这部电视剧走红后的生活，甚至想着想着都会忍不住一个人笑出来。

但是，生活的惊喜总是来源于意外，《永恒恋人》并没有迎来预想之中的火爆，更没有在世间引起话题，经过一轮播放以后，平平淡淡地迎来了大结局，对我的生活没有造成任何影响，无论是好的方面还是坏的方面。

这种平淡的结局真的让我很受打击。

犹记得该剧刚杀青时，同事还有媒体都在信誓旦旦地说："这部剧播出之后，浩二一定会在中国成为偶像！"此时人去楼空，当时的言语回想起来更像是一种讽刺，我的心情前所未有地失落。

其实后来我回首往事的时候，也会常常想起那部让我情绪起伏不定的电视剧，我不知道该感谢它还是怨恨它。是它给了我一个美妙的希望，但是它又亲手打破了这个希望，让我在毫无准备的情况下把自己扔进了从未面临过的境地。

不过，中国有句话"塞翁失马，焉知非福"，无论如何，这部电视剧给了我一个踏上新征途的契机和机会，让我的人生出现了一种意料之外的可能性。我想，仅凭这一点，我就该感激终生。

《永恒恋人》失败以后，我当时面临的第一问题很快就显现了出来，那就是生存。

显而易见，我并没有成为一个明星，甚至连中国的演艺圈都没有真正进入。要想在这片藏龙卧虎的大地上找到一份安身立命的工作并不容易。

为了找到一份养活自己的工作，我准备了 300 份自己的名片和简历，在小徐的帮助下投到各个电视剧和电影制作公司。结果是，所有的简历都石沉大海，毫无回应。

这也是理所当然的，在 2001 年的中国，虽然电视剧里有一个很大的分类是描述中日战争的类型片，但是在这种电视剧中扮演日本人的几乎都是中国演员，像《永恒恋人》这样由日本人出演剧中的日本人角色，反而可以说是特殊的模式。亦即，在当时日本人出演中国的节目或电影的情况并不多见，像我这样的日本演员根本没有公司需要。

来到北京半年之久，依然没有收入，我渐渐开始感到不安和焦虑。

"钱的话，我随时都可以借给你。这才是朋友嘛。"小徐一直这样安慰我，他是一个言出必践的人，事实上也是这么做的。

但是对我而言，我并不想让一个至交一直扶持我，所以开始更加努力地寻找工作机会。

其实，在北京，还有一个我在日本时就认识的人。她是以前在 SunMusic 工作的女性，姓杨，我来北京后和她偶尔也有联络。

在我处于困境中的一天，杨小姐忽然来找我，跟我谈起了打工的事。

"我刚认识一个女孩，想学习日语，浩二你可不可以去试试？"她当时说的话我至今记忆深刻。

我当然立即就答应了。

杨小姐介绍给我的学生，是一位办公室职员。我们每周见一次，借用她公司的会议室给她上日语课。

然而，因为当时我的汉语还很差劲，并不能把日语的实际含义很好地传达给她。而另一方面，她一节课就给我 200 元人民币的高工资。在 2001 年，这个价格可是相当高的了，我心里明白，这肯定是因杨小姐从中照顾的缘故。

后来，因为自己的水平不够，我心里过不去，并不想耽误她学习，所以过了没多久，我就自己辞职了。

"明治天皇"

我的生活又不出所料地陷入了窘境，时至今日，我依然很难想象当时是什么力量让我坚持了下来，只记得有一天午后，我忽然接到了一个电话。电话那边的声音很慌张，一接通就匆匆忙忙地问我：

"啊，矢野君？你现在在哪儿？在干什么呢？"

我有点不明所以，迷茫地说："哎？我在家，在发呆。"

对方立即说："这样啊，太好了！其实现在，我们在大观园拍摄，你能来这边吗？我这边有个角色可能需要你。"

"哎！我这就打车去！"真是意外之喜，放下电话，我连衣服都没来得及换就冲出了家门。大观园是中国拍摄电视剧很有名的一个外景基地，而打电话给我的人，是一个姓池的摄影师。我还在日本的时候就通过熟人认识了他，来北京的时候只见过一次，也就是在那次，我们互换了名片。他是个年过50的爽朗的大叔，因为妻子是日本人，所以他的日语很流利。对我来说，他算是我在这边的业界少有的几个熟人之一了。

因为心情急迫，我很快就打车到了片场，一下出租车，我就看到片场里摆放着很多古色古香的道具，还有很多穿着古装走来走去的群众演员，从这些情况来看，他们正在拍摄的应该是一部古装剧。

"矢野君，好久不见！这边这边！"看到了我的身影，池先生和我随意地打了招呼，然后把我引见给了一个人。这个人正是当前这部电视剧的导演，从周围的气氛中我多少能够察觉得出来。

"矢野君，现在我们在拍一部叫作《走向共和》的电视剧，这位是导演。我把你推荐给了他，你能自我介绍一下吗？"池先生对我飞快地说了这些后，和导演用中文说了些什么。

《走向共和》？向导演推荐我？幸福来得太突然，我一时没有反应过来。不过，能进行这么大规模的拍摄活动，眼前的这个人一定是很有名的导演。而且，必须承认，这对我来说也许是一个千载难逢的机会。

"我叫矢野浩二，是一个日本演员，想在中国演艺界发展。"我打起精神介绍了自己。导演一句话都没说，只是从头到脚打量了我一遍。

气氛比较凝重，我不由自主地紧张了起来。大概安静了30秒左右之后，导演终于说话了："明治天皇！"

这四个没头没脑的字让我一头雾水，往旁边看去，却发现池先生的脸上绽放出了轻松的笑容，并且高兴地对我用日语说："天皇啊，矢野君！你的角色是明治天皇！"

说完这句话，他又强调似的再说了一遍："明治天皇！"

没等我反应过来，他又飞快地说："日程上没有问题吧？如你所见，电视剧的拍摄已经开始了，但是明治天皇的扮演者还没有决定出来。矢野君，你好像很符合导演心里的形象。太好了！我这就去拿剧本，你稍等我一下！"

飞速说完了这些话，池先生一转眼就不见了。

我一个人留在休息室，赶紧整理起大脑里的信息。事情是这样的，似乎和导演见面不到 30 秒，我就被确定成了《走向共和》中的"明治天皇"这个角色。

简直是神展开啊！我不由自主高兴得想要大声喊叫出来。这是 2002 年，再次来到中国整整一年，我终于得到了演戏的机会。

《走向共和》，是以甲午战争为背景，讲述中国清末历史事件的大型电视剧，共 60 集，光拍摄就要花费半年之久。

说到出现在中国历史剧里的日本人，有些时候既定路线就是残忍、冷酷并且好色的反面角色。然而，在《走向共和》里，日本人也是有血有肉有感情的真实人物，而不是一个个毫无人性的战争机器。

在这些角色里面，我所饰演的明治天皇将这一点表现得淋漓尽致。关于这个角色，有一个镜头我至今记忆犹新。

为了打败清朝的北洋海军，明治天皇将自己的绝大多数私有财产都投入了海军建设，并且发誓直到日本打败北洋海军，他每天都只吃一餐饭。

在以后的历史进程里，他完美地履行了自己的誓言。直到甲午海战胜利以后，收到捷报的明治天皇，才悄悄拿出藏在怀里的饭团，迫不及待地吃了起来。这是多么俏皮的人物刻画方式。我确信，在之前所有的中国电视剧里从未出现过这种对日本人的表现方式。

这部电视剧除了表现方式上有新意，还有一个更大的不同，那就是故事里的日本人，明治天皇、伊藤博文等主要角色几乎全部由日本人饰演，不得不说，这是一个极具创新意义的举措。在中国，因为长时间的隔阂和历史包袱，让很多人对日本人怀有极大的偏见，在涉及日本人的角色上，一般都不会太用心，此次能聚集一大批从日本远道而来的演员，让我隐隐感觉似乎有什么变化在悄悄发生，虽然微小而不起眼，但是我相信总有一天会变成潮流。而对我来说，这无疑是一个极大的利好消息。

坦率地说，在 2002 年，我还是一个名不见经传的小演员，拿得出手的作品寥寥可数，要饰演这样一个重要的历史人物，对我来说是一个巨大的挑战。

确定了角色以后，我不敢有一丝一毫的懈怠，马上投入到了准备工作中，开始全神贯注地搜集资料，揣摩角色。为了更好地诠释这个角色，我故意不去看其他演员饰演的明治天皇，而是准备完全从零开始塑造只属于我的角色。在我的理解里，明治天皇是一个既有威严却又情感火热、性格充满矛盾和激情的人物。我在心里暗暗下了决定，要塑造不怒而威、并让人一见难忘的明治天皇。

因为准备充足，而且主要的演员也是中国本土著名的艺术家，所以《走向共和》一播出，立刻就引起了广泛的热议。虽然有褒有贬，但是话题绝大多数都聚焦在对人物的塑造上，特别是剧中的日本角色，更是让很多中国观众眼前一亮。

在《走向共和》之后，我又出演了很多战争剧。经历越多，我就越敬佩这部电视剧的导演和制作人，能够参与这样一部作品我感到很幸运也很自豪，并对负责制作的工作人员和导演感到由衷的敬意。

挫折总伴随着你

《走向共和》拍摄结束后，我的工作再一次陷入了停滞期。虽然这么说听起来比较无奈，但是事实确实如此。

我再一次进入了蛰伏期，没有工作，没有希望。但也并不是一成不变，在艰难的日子里，我有了恋人。

我跟她是在一次表演学校的活动上相识的。她也是来中国发展的日本演员，有一头黑色长发和白皙的肌肤，在表演学校众多的学生里一下就吸引了我的目光。而因为有着共同的目标和经历，所以从认识到正式交往并没有花费多少时间。

有了女朋友之后，我搬离了之前一直居住的公寓，和她开始了同居生活。新的住所离朝阳公园很近，是一栋设备齐全的高级公寓。房租理所当然的贵了不少，但是我和她共同承担的话也并没有太大压力。最重要的是，这栋公寓不远处就是很有风情的西安门街道。

公寓附近有一个大池塘，一到夏天，众多烧烤摊就围着池塘搭建起来。傍晚的时候烧烤的香味四溢，人声鼎沸，满满的生活气息。入冬后，池面会结起厚厚的冰层，会有很多孩子在上面滑冰。由于没有工作，所以闲暇时间很多的我，经常漫无目的地绕着池塘散步发呆。现在想来，那段日子倒是生命里难得的温馨时段，在迷茫的岁月里，让我更加明白了自己想要什么，需要坚持什么。我一直感谢我自己，在当时那段难过的日子里也没有放弃梦想。就像一颗种子，在黑暗的泥土里静静蛰伏，可是却从未放弃过对发芽生长的渴望。

这段时间，我在某个演艺事务所遇到了点麻烦。

为了找工作，经过朋友介绍，我去了一家据说会签约外国演员的制作公司。那天出现在会面现场的制作公司老板，是个年近六旬、身材矮小、有些微胖的男人，他一脸友善地笑着对我说："我们现在确实很需要从日本来的演员。我们公司的人际渠道跟其他公司不一样，接到的工作很多。电视剧或电影一年能保证接到 4 到 5 部。"

他的话极具煽动力，让我不由自主地感觉处境开始明朗了，在聊了没多久之后，工作人员送来了签约合同，我当时迫不及待，只想尽快找到工作，所以马上就签了字。

但是，事情并没有那么顺利。我满怀期待地等待着事务所的好消息，可过了几个月，别说好消息，就连问候的电话都没打过来过。我焦急地打去电话时，对方就用"下月我想就会有工作，有情况我们再联系你"这类敷衍的说法搪塞我。

这样的情况延续了几个月以后，我感到有点不对劲。而且，我觉得与其求着他们给工作，还不如自己行动比较合适。而要重新自己找工作，首先要做的就是解除合同，于是我立刻去找了那家制作公司。但是面临的情况是我之前完全没有想到的。

听到我的来意，那个制作公司的老板傲慢地对我说："啊，这样啊。这样的话很遗憾，不过你要付我违约金，6万元呢。"

我们商谈的地点在制作公司附近的星巴克。因为考虑到我的汉语还不是太流利，我特意带着小徐一起来的，从此时的情况来看，这个决定果然是对的。

听到这句话以后，小徐拿起合同仔细看了一遍，果然，那上面用中文小字写着"单方面解除合约需付6万元罚金"。

小徐对我翻译了以后，我立刻陷入了悔恨的情绪中，怪只怪我当时找工作心切，明明看不懂中文，还草率地签了合同。

小徐没有贸然发怒，而是淡淡地说："他明明都没有工作，怎么可能有钱。违约金就算了吧。做人留一线。"

"白纸黑字写得清清楚楚，他没钱也不能怪我，可以让他日本的亲戚朋友送钱过来嘛。"那个制作公司老板的眼神里闪烁着狡诈的光芒。

　　听着小徐给我的翻译，我终于忍无可忍了，拍案而起，大声地怒吼："胡说八道，你听着，我就是不付！"

　　和中国人发生了争执，就算语言不通，发怒给他看也是很有效的。这是我在中国待到现在的经验之谈。那天的会谈当然是以不欢而散告终，那之后，不用说违约金的催促没有了，甚至连那个不良的老板也没有再见过面。

　　其实，我来中国以后，类似欺诈行为我经历过不少次。没有人脉的外国人，当他还不能说好中国话的时候，就很有可能成为骗子的目标。但就算是这样，因为有小徐和杨小姐这些可靠朋友的帮忙，我一直没有受到实质性的损失。不得不说，交了这几个中国朋友，是我在中国最值得骄傲和自豪的事。

　　在中国，如果卷入了麻烦，熟人里一定会有人对你伸出援手。就算他对外人会摆出一副冷漠的样子，但对待朋友和家人就会立刻成为非常温暖可靠的人。

　　这是我在没有工作时的切身感受。有一次，我因为一时不小心，右手骨折了。当时杨小姐夫妇二人立即就赶到，将我送去了医院。然而，医院里人非常多，再加上因为我是个外国人所以更加麻烦，很久没有人来看诊。面对这种情况杨小姐怒火中烧，直接与院方进行了谈判，我这才顺利接受了治疗，这样的事还有很多，并不需要一一赘述，但是我一直在心里感激着这些朋友。

欺诈事件过去很久以后，有一天，我正赋闲在家，忽然接到了小徐的电话。

"矢野先生，你怎么还在家里？赶快来这里！"小徐飞快地给我说了一个地名。

那是我们偶尔会去聚餐的一家中国式餐馆。我不明白到底发生了什么事，但还是按照他说的第一时间赶到。到场时，就发现小徐、杨小姐夫妇、我的女朋友很多人都已经等候在店里。

"今天是你的生日吧？忘记了吗？"

小徐的脸上浮现出如以往一样亲近的笑容，递给我一大束花。就连我自己都忘了，那天是我 32 岁的生日。大概是不知什么时候聊天随口说出的生日被他们记下了吧。我感动得要落泪了。

那是在那段暗无天日的岁月，让我高兴到落泪的惊喜。

中国的恩人

我一直提到的杨小姐是一名年轻的中国导演，在北漂的日子里，得到了她的诸多照顾和提携，我一直铭感在心。时至今日，她依然是我最亲近的朋友之一。而我也常常想起跟她第一次见面的情形。

那是在拍完《走向共和》以后，我经一个行业内朋友的介绍，去她做导演的剧组面试一个角色。

初次见面时我对杨阳导演的印象，我现在也记忆深刻。她是一位与"战争剧导演"这个头衔几乎完全不相配的，身材娇小、目光沉稳的可爱的女性。

"你好，我是杨阳。你的胳膊怎么了？"见面后，她将我整个打量了一遍，目光停留在我的胳膊上。

没错，那几天我因为踩在椅子上换灯泡不慎摔跤，导致右臂骨折，正打着石膏用绷带包着。看起来极其凄惨。听到她的问候，我慌忙回答："我是矢野浩二，初次见面。我的胳膊，之前摔了一下就……"

"好严重啊，拍摄工作一个月后就要开始了。到那时胳膊能痊愈吗？"

"没问题！大夫说 2 周就能好，一点儿问题都没有！"

虽然医生说 1 个月才能痊愈，不过这时候当然不能那么说。我一边鼓励着自己，一边若无其事地说了谎。当时我心里只有一个念头：不能放走这个好不容易得到的机会。

她的脸上浮现出温柔的笑。

"那，我们就开始试镜吧。"

熟练进行了拍摄的准备工作，将摄影机拿在手上后，杨阳导演温和的表情一下变了。那表情不是别的，正是怀着热情、信念和自豪的一流导演才会有的表情。

她所导演的电视剧名叫《记忆的证明》，故事主要背景在二战期间的中国战场，主要讲述的是一个中国士兵被日军俘虏，并被迫进行劳动的故事，在表现方式上，它将过去与现在的事情相互交错穿插，是一部具有多种魅力的反战电视剧。

我第一次看到这剧本的时候，不知为何就十分想参加这部电视剧的拍摄。无论什么角色都行，可能最重要的是，我想和眼前这位操作着摄像机的导演一起工作吧。

杨阳导演对作品的高要求和执着在业内闻名遐迩。她过去拍摄的作品获得过很多奖项，本人也获得过业界新锐、年轻的实力派导演等高度评价。

这次的电视剧也是她花了多年时间准备了剧本，并计划用半年时间拍摄全 28 集。而在中国，通常 30 集的电视剧平均花费 2 个月就能拍摄完成，由此看出她对作品的精益求精。

除了这些，这个故事对我也颇具吸引力。和《走向共和》一样，《记忆的证明》里登场的日本兵也不是陈腐的影视形象。冷酷的日本兵也有感情的动荡，内心有纠葛和悲伤。我相信，对于这些独属于日本人的精神特质，只有我这样纯正的日本人才能表现到位。

"只要拍摄能有盒饭吃，演出费什么的都无所谓了。不论如何我要参加这部电视剧。"

不知是不是我的这份热情打动了杨阳导演，试镜一个月后，面试合格的通知就送到了我的手中。而我需要饰演的角色，是日本士兵的最高责任人"冈田"。

接到通知书那天，我情不自禁地长出了一口气。工作有着落了，至少在拍摄期间，我能够继续留在中国……对于当时的我来

2011 年慰问养老院

2011 年
《 月色狰狞 》剧照

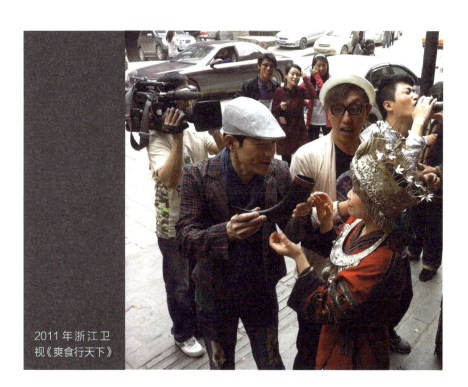

2011 年浙江卫
视《爽食行天下》

说，这份工作无疑是雪中送炭。

《走向共和》的拍摄结束后大约半年的时间里，我一直过着没有工作，一味地浪费时间和金钱的日子。如果我没有得到《记忆的证明》这部剧安排给我的工作，现在的我也许就已经走向完全不同的道路了。

《记忆的证明》成了我演员生涯中意义重大的一部作品。因为要参与这部电视剧拍摄的心情前所未有地迫切，我感到自己也许和这部作品的命运联系在了一起。

但是，这时的我还不知道，超越想象的严酷拍摄正等待着我。

直面中国人民解放军

《记忆的证明》是在北京郊外的拍摄基地拍的。这里有许多天然的洞窟，摄制组将这里布置成军事基地，然后开始了拍摄工作。

出演军人角色的演员，必须在拍摄两周前到达现场，进行必要的军事训练。这是为了让表演更加真实，所以需要演员体验真实的军队生活。

而让我完全没有想到的是，指导我们进行军事训练的，是真正的中国人民解放军军人。

"哎！真正的军人要来！我们要接受怎样的磨炼啊……"

我和很多需要饰演军人角色的演员不约而同地忐忑不安了起来。我们之前不仅没有经历过这样的事，甚至连听都没有听说过，从这个细节也可以看出，杨阳导演对艺术的要求真是超乎想象的严格。

7月的北京，日均气温超过30度。从早上开始日光就非常强烈，在室外待着皮肤很快就会变黑。

在这种环境下，包括我在内的大约20名演员，在拍摄现场附近的旅馆开始了有规律的集体生活。每天早上7点被工作人员叫醒开始晨跑，然后简单的早餐过后，真正的军训就开始了。从俯卧撑和匍匐前进的体力训练开始，到敬礼等军队的基本动作，还有在带枪状态下的举止以及枪的使用方法等，都需要一一学习。

没有经历的人绝对想象不到这种生活的艰辛，经过一整天的军事训练，每天到日落的时候，我的身体已经散架了，但还不能立即休息。

因为晚上还安排了经典军事电影的鉴赏讨论活动。持续三个多小时的影片研讨会之后，我们才会就寝。

这种地狱模式的生活，我们过了半个月之久，好在正式拍摄的日子终于来临了。数百名群众演员也陆续到达了现场，本来空旷的基地顿时拥挤了起来，这又是一件我从未见过的场景，可谓大开眼界。中国人做事，总是从不经意之间透露出一股大气磅礴的感觉，甚至有的古代战争片里会出现几千名群众演员，这对于我这样一个从日本出道的演员来说，无疑是一个极震撼心灵的冲击。

而这次的群众演员，还有一点完全不同以往！

现场聚集的这三百名饰演被俘中国士兵的演员，竟然全都是真正的囚犯。虽然所犯的罪责都是小额盗窃之类的，也就是所谓的小偷之类，但 300 个"有前科的人"聚集在一起，理所当然地会产生一股难以言喻的压力。

对于我来说，压力更是前所未有的大，因为要和这些人激烈对抗，并嚣张地指指点点的不是别人，正是我出演的最高司令官：冈田。这就需要我尽可能表现出威严的态度，有时还要做出傲慢的举止，但总感觉在他们满满的存在感面前毫不起作用。

"浩二，这里是你的地盘。你下的指令，他们无论如何都必须执行。你可是这里最了不起、最高等级的指挥官啊，动作举止再大方些。"

开始拍摄前，杨阳导演总是来教导我。但那对我来说实在太难，不要说保持威严，一不小心我就会下意识地说"对不起"。中途导演的叱责声就响起了。

"日本人都是立马就说'对不起'吗，你给我把这个习惯改掉！"

但是，说好听的是谦逊，不好听的话叫卑躬屈膝的我，这个道歉习惯一直改不过来，终于导演使出了雷霆手段，在戏外都禁止我说对不起。

演技炸裂

《记忆的证明》这部电视剧的最艰苦之处并不在于之前的军训，拍摄开始之后我才发现，与正式的拍摄相比，军训的那些日子简直算是休闲娱乐，至今为止我已经参加电视剧拍摄十多年，但是再也没遇见过能跟《记忆的证明》媲美的艰苦拍摄。

因为剧情的缘故，该剧夜晚进行拍摄的场景很多。很多时候都是从傍晚开始，直到日出才结束，有时候摄像机甚至会 24 小时运转。这种时候，演员和工作人员都是不眠不休地坚持工作。

而这并不是最痛苦的，最痛苦的是，本来就艰苦的拍摄日程，往往会因为杨阳导演自身的原因变得更加难以预测。天生艺术家气质的她，一直非常重视自己的灵光一闪，有时候突然想起一个镜头，就立刻雷厉风行地把那天一天的拍摄计划全部换掉，这样的事并不出奇。拜她所赐，包括临时演员在内的演员需要一直在现场待命，连旅馆都不能回，只能在现场挤在一起睡觉。

杨阳导演在演技指导方面也毫不留情。往往一个场景会来回拍七八遍，有时甚至一个回头的镜头都要拍 20 遍。如果我们向她提出建议，也必须尽快和她脑中的角色形象吻合，如果做不到，就要一遍一遍地重拍。

我所饰演的日军最高司令官冈田，是一个飞扬跋扈、存在感爆表，让身边的人感到风声鹤唳的强势人物。不得不说，这个角色对于我来说是一个巨大的挑战，因为在我的生命历程中从未见过这等人物，甚至连演出这种人物的经验都没有。

为了诠释好这个角色，构建出属于我的冈田形象，我除了每天都尽力回想曾多次出演过的地痞流氓的行为举止，然后在这之上加入狡猾、霸道等性格要素之外，还会努力地揣摩角色本身的成长历程，他的幼年时代是如何度过的？父母是怎样的人物？是什么让他对战争如此狂热，对别人如此冷酷？

这些工作是卓有成效的，因为每天都沉浸在冈田的世界里，所以我越来越接近这个人物的精神内核，而这些努力，终于在表演中反馈了出来。

我至今清晰地记得一个镜头。有一天，我们在拍摄冈田和中国俘虏对话的场景。

那是冈田在自己的房间里，和中国俘虏首领讨论关于释放俘虏的话题，最后因为种种原因，谈判决裂，冈田勃然大怒，然后进行激烈的独白。这个场景我已经在内心揣摩了无数遍，所以看着摄影机缓缓开机，我信心满满地闭上了眼睛，然后在心里对自己说："我是冈田，是个将中国人视为虫豸的冷酷的总督。"

"START！"！杨阳导演下令。

我猛然睁开眼睛，那一刻，演员矢野浩二就从现场消失了，站在所有人面前的，是将一生交给日本陆军，冷血无情的军人冈田。

　　我的表情不由自主地飞扬跋扈了起来，因为角色本身带来的愤怒，让我的眼睛里瞬间布满血丝，我愤怒地咆哮着，重重拍打着面前的桌子。

　　说完最后一句台词后，随着一声"CUT！"，杨阳导演跑到了我的身边。

　　"浩二！你的手，没事吧？！"

　　"哇啊啊！这怎么回事！"我这才发现，我的右手居然流出了大量的血。好像是我在被角色情绪带动时，大力敲击桌子结果被放笔架刺破了皮肤。可是，直到 CUT 的声音响起，我都完全没有注意到这些。导演指给我看以后，我才开始感觉到惊人的疼痛感。

　　那天夜里，我一边忍着手掌传来的痛感，一边回想拍摄时候的事。我确信，在那一瞬间，我的确成为了那个角色本身。那是一种奇妙的经历，当时的我，好像并不是在表演那个角色，而是直接变身成了冈田，他的所思所想，我都了然于心，不需要刻意地表演，自然而然地流露出来，就天衣无缝！

　　"原来如此，演技原来就是这样的啊。"第一次感到做演员的奇妙，我沉浸在难以形容的兴奋感之中。

那之后，我的表演风格终于逐渐确立了起来。以后的每次表演，我都会集中精力揣摩角色，努力跟角色合二为一，然后在表演的时候直接进入那种真实的感觉。

我会终生感谢《记忆的证明》，它不仅让我体会到了表演的乐趣，更让我重新发现了自己作为演员的资质。

《记忆的证明》拍摄开始是在 2003 年 7 月，而杀青时间却一直到 2004 年 5 月，整个拍摄过程花费了将近一年时间。

电视剧拍完以后，我的生活并没有发生太大的变化，金钱方面，更是一如既往的窘迫。而在这时候，又是中国的朋友向我伸出了援手，杨阳导演适时问我愿不愿意去她的办公室寄住。

我当然愿意！所以立刻就答应了下来，第二天就动手把家搬到杨阳导演工作室的一间空屋子里。虽然没有工作的时候必须在工作室里帮忙，但想想没有着落的房租，这个环境也足够让我满意了。

当时这个决定源于在我在中国学习到的一个交际能力。在中国，朋友之间帮忙是非常常见的事，如果有朋友真心想帮助你，而你却拒绝，不仅不会得到他们的谅解，反而会让他们产生隔阂。这是在人际交往过程中跟日本人很大的一点不同。

而说起这个的时候，我才猛然发现，我已经很久没有想起日本了，在中国就算再艰苦再无奈，我都从来没有动摇过留在这里的想法，似乎我从一出生就注定要在这里终老。

"日本的卖国贼"

跟日本再次发生联系，是在 2004 年年末。

那天是周末，我正在家里睡懒觉，忽然接到了森田先生的电话。他的语气前所未有地严厉，："矢野！你干了什么！你登上《产经新闻》了！"

我听了一半就清醒了起来，紧张地问："森田先生！好久不见。出什么事了？"

"你自己去看看《产经新闻》吧！"

"产经……"

一听到产经新闻，我一下子想起来了。

上周，在北京举行了《记忆的证明》的发布会。一位日本产经新闻的女记者也参加了发布会，我还接受了她的单独采访。

想到这里，我轻松了起来，甚至微微有些得意，"是这样的啊！我出演了名叫《记忆的证明》的大作品。记者见面会有报道，上报纸了？"

"不是上不上报纸的事了，你被写得很过分啊。"森田先生还是焦急地说。

"哎?！"我满头雾水，回忆了一下我当时在采访过程中说的话，没有发现什么出格之处。

森田先生叹了口气，说道："网上有不少说你坏话的。总之我把报纸发给你，你看看吧！"

几天后，我收到了森田先生寄来的报纸，急匆匆地打开，一个大大的标题就跃入眼帘。

《中国的反战电视剧，果然是"抗日"？》

"中国中央电视台正在制作描写日中战争的电视剧《记忆的证明》，这部有日本演员参演的电视剧引起了巨大争议。在制作意图上，中国媒体称其是为了'将日本的罪孽传达给后世'。在因靖国神社、钓鱼岛等问题导致日益严峻的日中关系面前，这部剧的拍摄意图到底会是什么……"

这种把一部电视剧强行扯上政治的做法，让我有些警惕。我又继续往下读。

"《北京周报》等中国报纸，报道过参演的日本演员矢野先生，他曾有过'这部剧应该在日本 NHK 播出给日本的年轻人看。因为日本的年轻人对历史并不怎么了解'这样的发言。虽然矢野先生本人否认自己说过这样的话，但因为这样的报道，会让中国人把这部电视剧当成真正的历史，反日感情增幅的悬念也随之而来……"

读到这里，我暂时合上报纸，深呼吸了几次。然后，我提心吊胆地打开笔记本电脑，在网上搜索起来。

"矢野向中国卖身了。"

"真亏了他能出演这种电视剧啊。"

"别回日本了，卖国贼。"

看着这些素不相识的人写下的辱骂之词，我在电脑前呆若木鸡。

《产经新闻》报道的内容，越读越叫我失落。杨阳导演，还有工作人员和演员们协力制作的反战电视剧，被当作带有政治意味的作品来看待，这种结果让我有些郁闷。

我之前的确说过这部电视剧如果有机会在日本播出就好了，但是并没有趾高气扬地说需要日本 NHK 播放，让日本年轻人更了解历史。

中日关系是一个非常敏感的点，历史包袱太过沉重，我只是一个小演员，当然不敢乱发言，也不敢承担这么沉重的责任。但是因为种种机缘巧合，将我推到了舆论风暴的风口浪尖。

而这时，很快就要到 2005 年新年了，新的一年即将到来，然而我却并没有太过开心，我知道，这次舆论的沸腾才刚刚开始，风雨将至，我却无能为力。

2005 年，日中战争结束 60 周年，而在中国，这一年正是"抗日战争胜利 60 周年"。

作为一个在中国发展的日本人，我将如何自处？

……《产经新闻》的报道用这句话来结尾的。

我沉默地合上报纸，关上电脑。

"为什么我出演的电视剧。总会变成这样！"我的心情前所未有的低落。

回想起来，我来中国后出演的电视剧，不论哪部都伴着不可思议的悲惨命运。《永恒恋人》制作结束后经过 1 年才终于播出，最后以低收视率告终。《走向共和》未播完。《记忆的证明》又是同样的命运，大家精心制作的反战作品，到头来还要受到我祖国的媒体和一部分国民的责难。

《记忆的证明》对我来说是一部具有里程碑意义的作品。在这部电视剧中，我感受到了自己的成长，最重要的是电视剧的内容很精良，不偏向中国和日本的任何一边，而是在讲述战争的残酷和两国之间感情的摩擦。对于现在的中国来说，也算是一部崭新的有革命性创新的反战电视剧。

但是，革新的那一部分在中国不被接受也能理解。我出演的冈田表现得越有人性，就越让中国观众愤怒。

然而，让我难过的是，很多日本同胞，明明没有看过这部剧，就在媒体的煽动之下开始指责。

"扮演那样的角色你不羞愧吗？"

"你还有没有爱国之心了？"

……

在作为演员终于为祖国争光的时候，还要受到祖国的责难，我不可避免地低落了起来。比起新闻，更让我难受的是网络上的诽谤、中伤。在现实生活中我经历过许多次吵架、打架之类的事，可是被不知名字也不知长相的人在网络上辱骂这还是第一次。

是不是只要匿名了，就能无所顾忌地指责他人了呢……

我能感受到在网络上，有一个人心阴暗面所扩张出来的深渊。

"或许现在，在这一瞬间，也有谁在写指责我的话吧……"

胆小的我这样想着，那之后的几天也不得不过着对"看不到的敌人"战战兢兢的日子。

命运多舛，不懈奋斗

替我解决住处的杨阳导演，在其他方面也照顾了我很多。我印象特别深刻的一次，是她带我参加中国中央电视台主办的业内聚会。

这个聚会是每年的惯例，由中央电视台主办，每次都有 500 名以上的业界人士相聚在北京。

每次都有很多演员、制作人还有小说家等等有名的人来到现场，对中国演艺界一无所知的我也从中认识了很多新的朋友。

在那次的聚会上，杨阳导演不厌其烦地带着我巡回每一张桌子，向很多人介绍我，推荐我。当然，在会场里一定有看你是"日本人"就不高兴的人，但当时的我并没有想那么多，只是单纯的感激杨阳导演对我的恩情，在中国的影视界，如果没有人引见，那么永远都不会真正融入其中。杨阳导演对我来说不仅是上司，更是恩人、姐姐、师长，我将永远感激她对我的提携。

2005 年年末，厚积薄发的《记忆的证明》开始播出了。观众反响强烈，收视率节节攀升。播出后没多久，这部剧就得到了中国电视剧业界的最高荣誉"飞天奖"。这个消息在杂志和电视上被大幅报道，杨阳导演和工作人员都为这次成功感到喜悦。

但是，另一方面，这部作品也注定会和《走向共和》一样饱受争议。

这部电视剧剪辑掉了很多镜头，但与纯粹的抗日电视剧相比这部作品依然是个翘楚——能保持高收视率对我们可以说是能够接受的结果，在这之上能够得到"飞天奖"是最值得高兴的事。

可是，虽然引起了那么多话题，播出的次数依然非常少。

在中国，有人气的电视剧一定会反复地再播出。但是，关于《记忆的证明》，首播结束后出现在电视上的次数就下降了。对于这种事，我只能表示无可奈何。

在接下来的日子里，因为有杨阳导演的推荐，我开始接到大量的工作。只是，这些角色无一例外都是同一张面孔。而随之而来的，围绕在我身上多年的外号也终于开始叫响了。

第四章 「鬼子专业户」的诞生

"鬼子专业户"

从日本只身来到北京，飘荡四年之久，其中沉浮坎坷不能一一尽数，但是终于，在这一年我迎来了转机，开始受到各种梦寐以求的演出机会，虽然角色无一例外都是日本兵。

随着岁月流逝，在电视上看到自己出演的剧目并不会有太多动容，但是当时再一次看到自己出现在电视上的情形至今记忆犹新。

2005 年夏天，我正一个人在家吃饭，电视里忽然开始播放我出演的抗日电视剧，虽说是反派角色，但看到自己终于如愿以偿地出现在电视上，还是忍不住有些窃喜。

无意地换了台，竟然发现了我出演的另一部抗日电视剧。"这个也播出着呢！"

开心地同时又换了台："又一部啊！"

结果，那段时间的黄金时刻，有 5 家电视台在同时播放 17 部我参演的电视剧。我想，这样的现象应该也算前无古人了吧。

出现这种状况，跟当时中国的大环境也是有关系的，那年是 2005 年，中日之间关系又变得剑拔弩张，在这种舆论环境下，抗日剧的播放开始出现了井喷，而我，作为一个在中国小有名气的日本演员，在这种环境下，曝光度也史无前例地高涨了起来。

仿佛一夜之间，曾经找不到工作，只能闲在家里的生活突然离我远去了，演出工作目不暇接地向我涌来。

而当时还年轻懵懂的我，对这种情况不仅没有警惕，反而有种窃喜。

就在这一年，"日本兵＝矢野浩二"这样的定式开始在中国电视界形成，而不知从何时起，观众与业界的相关人士开始用这样一个称呼定义我——"鬼子专业户"。

"那个日本演员是谁？"

我所属的公司开始相继接到这样的询问，而我，也开始接到各种访谈节目和杂志的采访邀请，这时的矢野浩二，已经不再只是一个默默无闻的小演员，而是具有一定影响力的"鬼子专业户"。

逐渐地，电视界的知名度开始蔓延到了我的生活中，我周围的陌生人似乎都在一夜之间认识了我。有次我在住所附近散步，忽然听到一个略显激动的声音从身后传来："你是那个日本鬼子吧？"

我回头看去，就发现一个中年妇女正在惊讶地盯着我看。

"呃？"我当时还完全没有作为公众人物的自觉，有点惊讶。

"真是你啊！给我签个名吧！"

"啊……好。"

"你常在电视剧里出现呢。人挺帅的啊。真棒！"收到签名的女性，带着满面笑容，向我挥着手走了。

我目送着她离开，掩饰不住心中的喜悦。想想看，有人在街头向我索要签名！这对于一直在小演员境地苦苦挣扎的我来说，真是人生的第一次。

在我还沉浸在感动的余味之中时，我发现周围的人都在像看珍稀动物一样看着我。我红着脸，慌慌张张地离开了那里。但是，从心底泛起的喜悦始终挥之不去，甚至按捺不住，给熟人打电话说"有人向我要签名了"。

日本人的尊严

名气所带来的虚荣感并不能维持太久，"鬼子专业户"这个称号刚开始的时候确实让我感到了一种窃喜，但是很快这种窃喜就消失了，随之而来的是难以言说的苦恼。

我记得有次在在河北一个农村拍戏。那时正值冬季，中国北方大地所有的植物都凋零了，看不到一丝亮色，入眼之处全是让人抑郁的荒芜，而我们的拍摄场地更是在远离人烟的野外，周围没有可以落脚的地方，待机的时候只能在大巴上度过。

中国北方的寒冷没有经历过的人绝对想象不到，那是一种似乎连骨头都要冻成冰屑的感觉。外景大巴的小功率空调根本抵御不了那种寒冷。那天我一边被冻得瑟瑟发抖，一边听大巴上的同事们聊天。

忽然，大巴里泛起一股异样的气味。我诧异地环顾了一下巴士里面，就看到一位演员同事突然递给我一个小玻璃杯，笑着说："觉得冷的话，浩二你也喝点这个吧！"

"这是什么啊？"

"白酒。喝了这个身体能暖和许多。"

白酒是一种在中国最普遍的酒类，有着独特的香味。当然，除了酒香之外，它闻名遐迩的原因还有一个，那就是烈度。在这种可以超过 50 度的白酒面前，日本的清酒更像是一种饮料。我之前就有几次因为低估白酒的烈度，被成功放倒的经历。对自己的酒量深有自知之明的我立刻摇头。

"我酒力挺差的。要是喝了这个，脸马上会变红的。拍摄工作还没结束呢。"

"没事没事。这么冷的天，脸不会变红的。再说了，这天太冷了，你不喝点酒的话身体也会变僵的。"

"不可能的，没事的吧！"我心里还在犯嘀咕，然后下意识地看了一下周围，就看到那边的工作人员和演员竟然都泰然地喝着白酒。就连我的杯子里，也被倒上了透明的液体。难以形容的香气刺激着我的鼻子。尽管还在纠结，但是在周围氛围的感染下，我鬼使神差地将杯中酒一饮而尽了。

坦率地说，接下来的事我已经毫无印象了。事后我问了工作人员，他说那天本来有需要我骑着马飞奔的镜头，但是我却摇摇晃晃地骑不了马，而且还进行了一些意义不明的即兴表演，比如在明明空无一物的地方莫名其妙地摔跤之类，引得现场的工作人员大笑不止。

毫无疑问是我失态了。但是，尽管看着我丑态百出，频频NG，但是却没有一个人生气，反而开怀大笑，这种落落大方以及不拘小节也是中国人独有的精神特性吧。

每一个剧组都是一个小社会，总是会遇到形形色色的人。有次在另一部电视剧的拍摄中，我和一些做群众演员的孩子们成了好朋友。他们似乎能明白我说的话似的，一到休息时间就呼朋引伴聚到我的身边，然后教给我不少中国话。虽然是些比较粗俗的词或骂人的话，还有些俚语。

"中国话里，把平胸的人叫作'飞机场'哦！"

"啊，是那样吗？是因为和起飞跑道一样平的缘故吧。"

"你说一下看看。"

"哎？"

"说一下'飞机场'看看。"

"'飞机场'。"

"哇哈哈哈哈哈！"

　　说句实在的，他们的方言课堂对我起了很大的帮助。能好好掌握的话可以炒热对话时的气氛，出了差错时也能借此表现自己坚定的立场。可以说能记住一些方言也是学习外语的一条近路吧。

　　我很快就退出了刚来中国时参加的语言学校，至今为止的汉语能力基本都是自己独立学习的结果。应该是 2006 年以后吧，我可以不用翻译就能与大家进行交流了。这样一来"中国式"的现场气氛我也能很容易地融入进去了。

　　在中国，经常会有临时改变日程表之类的情况发生，但我已经对这些事不再动容，反而产生了一种一笑了之的从容。

　　如果给日本人讲述中国的拍摄现场，一定会受到很多询问。很多人这么问过我："在中国工作的时候，受到过区别对待吗？"

　　说实话，我几乎想不出这样的事。也许因为我比较迟钝，所以在这么多年的拍摄过程中，回想不起什么不愉快的经历。

　　如果硬要说的话，可能只有一次。那是在一部抗日剧的拍摄中，导演和我，还有一位临时演员商议剧情时发生的事。

　　那个演员是一个五十多岁的男性，在剧中扮演我的下属，商谈中，他似乎是下意识地这么说道："明白了。就是说这个小日本的台词结束后，我的台词就开始对吧。"

虽然当时我的汉语还不是很精通，但是也明白"小日本"这个词的含义，正如日本有对中国人的蔑称一样，这个词是一些中国人对日本人的蔑称。

"请不要叫我小日本！"我没有多想就说了出来，这句话回响在摄影棚里，周围都安静了。

"大家都是在一起工作的，难道不应该互相尊重吗？我有名字，也有角色名。用这其中的哪个名字都行，但不要叫我小日本。"

助理导演慌忙地跑过来安抚我。然后，那个演员被工作人员郑重警告，之后，不仅是他，所有人都没有提过这个称呼。

当时我的表现看来似乎太过激烈，然而，对于被称为"小日本"这件事，我感到这不仅是对我，而是让日本以及日本人受到了侮辱，因此无法忍耐。

我一直觉得，如果遇到无法后退的事，不要犹豫，不要害怕，一定要向对方传达自己的想法。我觉得这是与人交往必须具备的。

在电视剧拍摄现场受到偏见而产生不愉快的回忆，前前后后只有这一次。但是，在娱乐节目的拍摄现场或是一些私人场合，相似的经历发生过很多次。特别是被大家熟知以后，在餐馆会经常碰到故意喊我"小日本"的人。那时，我会走到说话的人面前，叮嘱他："不要叫我小日本！"

日本演员是以怎样的立场在工作，若不能明确这个问题的答案，不要说在这里继续做演员，就连与中国人构建平等的关系都会变得很难。

大低谷

在拍一部电视剧时，我们去了云南省，我当时所饰演的角色，依然是连自己都已经忘记饰演过多少次的日本军人。

这是多么无奈的一件事，想当初刚刚得到这个称号的时候我还有些窃喜，可是漫漫三年时光过去，"鬼子专业户"这几个字像是一个无形的枷锁，让我无法脱身，有种喘不过气的窒息感。

三年时间，我演过的所有角色都是日本军人，没有人物性格，没有戏剧冲突，一味地冷酷，只懂杀戮。有时候我甚至觉得自己出演的不是一个有血有肉的人，更像是一个粗糙的战争机器。不知道从什么时候开始，我对工作产生了恐惧。

对于这次的电视剧，我一如既往地提不起干劲。本来我对于这个角色就多有抵触，没想到戏刚开拍，就又出现了一个让我措手不及的变化——临时更换导演。

在中国，戏拍到一半突然更换导演的事也是一件需要适应的情况。一部电视剧，涉及的利益方太多了，有很多人可以操控这部戏的走向和进展，导演并没有掌控一切的权威。

我完全不能理解那个热心于拍摄工作、性格温厚的导演为什么突然被解雇。但是不管答案是什么，对于我来说都没有什么意义。因为彼时的我，需要面对更加棘手的问题。

然后，新接任的导演，是个与前任导演思维方式天差地别的人。

按照当初的剧本，我所饰演的日本军人被中国军队俘虏，跟一个照顾他的中国姑娘坠入爱河，然后开始反思他之前的所作所为，并感到后悔痛苦。

这些细微的感情变化都是需要详细刻画的。当时看剧本的时候，我正是被这些充满人性冲突和矛盾的内心细节打动了，然后欣然接下了这部戏。

　　但是在这个新导演的思维里，对这种给日本军人赋予人性的剧本极其不屑。也许在他的思维里，所有的日本军人，都只是一群冷血残酷，单纯以杀戮为乐的野兽。

　　理所当然地，原本的故事情节被他完全打乱，我所饰演的日本军人的个人故事被完全剪掉了。这一系列举措的结果就是，拍摄时间大幅缩短，情节质量急剧下滑，相信制作公司非常乐于见到这种改变吧。但是，我却很不满意，因为被迫扮演了和以前一样的"邪恶的化身"的鬼子，我难以掩饰内心的失望和气馁。

　　"多余的心理描写是不需要的，你只需要表现出让观众容易理解和接受的反派就行了。"

　　导演跟我说这句话的时候，我悔恨地握紧了拳头。

　　那时之前，我扮演过不计其数的鬼子，他们似乎都戴着同一张面具，冷酷、无情，对中国士兵肆意谩骂、殴打、虐杀，千篇一律，对我来说已经完全没有发挥的余地和激情，我渴望的演员生涯，居然变成了单纯的完成任务。这并不是我想要的生活，我隐隐听到了自己的心声。

　　我想改变，但是世人的眼光，和顶在头顶的光环像一个无形的囚笼，让我寸步难行。

"矢野浩二等于日本士兵专门演员"这样的固有印象不仅在业界，就算在普通观众心里，也是根深蒂固。也许我突然改变风格去出演其他角色，他们反而会不适应吧。

在现场一起工作的很多同事也感受到了我的变化，有一天拍戏间歇，我正在发呆，就忽然听到我的化妆师问我："怎么了？身体不舒服？"

我一下子回过神来，慌忙打起精神回答："不，没事。"

"真的吗？鬼子要是没有精神，说话的样子不就不凶了吗？"

"说的是啊。"我勉强挤出笑脸，情不自禁地回想起了第一次被人索要签名时的情景，那时的我刚刚有点名气，志得意满，听到"鬼子专业户"这个词不仅不会难受，反而有种隐隐的窃喜。

转眼间，时间已经过去了三年，我整整演了三年的鬼子。这样的生活还要持续多久？中国云南高海拔地区独有的寒风吹着我的脸颊。我眺望着远处连绵不绝的山脉，思考着自己以后的路该怎么走。

日本人也是人

作为一个演员，必须挑战各种各样的角色才会得到成长，一直扮演同一个模式的角色不仅不会进步，反而会让自己陷入无法突破的窠臼。在扮演"鬼子"三年之后，我逐渐开始意识到这件事。

我再一次走到了人生的分岔路，只是这一次，我那些亲爱的中国朋友们无法再帮助我。这是属于我个人的前途问题，我必须自己解决。

而在此时，一种独在他乡为异客的孤独感忽然涌上我心头。我时刻都在渴望着用日语跟人交谈。我对自己的这种心情感到惊讶，因为刚来中国时，我没有朋友，没有工作，生活枯燥无味，但是当时也并没有感到孤独。

而现在我已经工作缠身，生活也开始安定了下来，我却感觉到一种在异国生活的孤独感。也许，人生就是这样，在面对无法回避的选择时，就会感到孤独绝望吧。

鬼使神差地，我再一次拨通了森田先生的电话，不知为何，我很想再听一次他那豪爽的呵斥声。

拨号音响了一阵后，电话里传来了森田先生的声音。

"矢野啊，怎么了？"

"森田先生，百忙之中打扰了。"

"是的，我这边很忙的，你应该也很忙吧，最近听说你在拍军队的电视剧。"

"是。其实正是想请教您一下，关于我一直扮演军人角色这件事，您怎么看？"

"你想做专门的军人演员吗？"

"不，我自己本没有这种打算。只是，照现在的情况，我可能会变成那样。"

"嗯！这不挺好的嘛！要是只有反面角色的工作来找你，那就把这份工作坚持到底吧。我也是这样一路走来的，人生嘛，不就是这样吗，啊哈哈！"

"呃，说的是啊……"

"不管什么角色，能将这个角色诠释出自己的特色来，那才是一流演员。你自己怎么看这个角色并不重要。"

　　我挂了电话，深深地叹了口气，森田先生还是那么有精神，这样我放心了。但是绝无仅有的，他这次没有解决我的问题。我的困惑依然萦绕在心头，久久无法散去。不过他有一句话深得我心：

　　"能将这个角色诠释出自己的特色来，那才是一流演员。"

　　事实正是如此，作为一个演员，最重要的就是拥有自己的表演风格，将角色用自己的理解完美地诠释出来。我最近苦恼的，正是接到的角色都是千人一面，无法让我真正投入表演，没有让我发挥的余地。现在回头想来，当时的那些苦闷，其实正是一个演员意识的萌芽。

　　跟森田先生通完电话以后，我开始回想我出演过的所有电视剧。那些角色有的残忍，有的冷酷，有的被逼无奈，虽然有太多的共同点，但是在每个人身上，却也能发现一些不同的特点。

　　而我能做的，就是将这些细微的个人特征放大，并尽全力表现出来，打进观众内心。

　　让我无地自容的是，这么多角色，真正做到这一点，能让我自己满意的只有一个。

　　那部电视剧叫作《烈火金刚》，是被收入"红色经典"中的

2012 年《浮沉》宣传照片

2012《浮沉》宣传照片

2012 年《浮沉》发布会

2012 年中日交流博览会

一部经典抗日剧。理所当然，我在其中饰演的角色依然是一个冷酷的日本军人。整部电视剧中，残酷至极的镜头比比皆是，数不胜数。而让这个角色真正产生蜕变的，是整部戏的最后一个镜头。

那是抗日战争结束以后，罪恶累累的"我"被中国军人处决的镜头。中国士兵一边宣读着被"我"夺去生命的中国士兵的名字，一边陆续将5发子弹打入"我"身体。这可以说是全剧最大的看点，拍摄现场被包围在紧张的气氛中。

砰！砰！砰！

随着一声声枪响，子弹一发接一发击中了"我"。军服很快就渗出了大片鲜红的血迹，摄像机的镜头也开始靠近"我"的脸做特写拍摄，而恰恰在这时，"我"的眼中，忽然涌出了两行眼泪。

最后一颗子弹打入了身体，"我"泪眼蒙眬地看了这个世界最后一眼，悔恨地倒下了，这里摄像机比原预定多拍摄了很长时间。

其实剧本里原本并没有流泪的镜头。这是我完全进入了角色，情不自禁加的一场戏。

"CUT！"

导演话音一落，摄影棚里就响起了热烈的掌声。我的演技真正触动了导演和工作人员的心。

"我想让他在最后做一个人。"

自作主张的表现受到了认可，我在如释重负的同时，心里也非常地高兴。

就算是被称为鬼子的日本兵，也并非毫无感情的机器人。就算穷凶极恶的人，本质也还是个有血有肉的人类。

跟我们所有人一样，他们有喜有怒，也会害怕，也会后悔。

这就是我一直想表达的。

不做鬼子

"暂时推掉扮演鬼子的工作吧。"

我终于做出了这个决断。那是在 2006 年，我刚刚完成另外一部抗日剧《大刀》的拍摄。

那一年我的状态越来越不好，对鬼子这个角色的抵触已经到了看见军服就想吐的程度。那些熟悉的道具、服装、场景，甚至我自己留了三年的胡子，无一不让我感到厌恶。我必须得做出改变，不仅是为了成长，更是为了摆脱这种让我窒息的氛围。但是之前我因为害怕再次失去工作，所以一直在犹豫，一直没有真正做出决定。直到有一天，一个契机来到我面前。

《大刀》拍摄快结束的一天，我忽然接到了导演的邀请，要跟我一起吃饭。

"不好，该不是惹导演生气了吧……"我立刻忐忑不安了起来。在这部戏的拍摄中，我的表现一直不在状态，常常演着演着就出戏。

我心里胡思乱想着，迈向饭店的脚步愈发沉重了。

入座后，我先点了一壶乌龙茶。这位刘导演，是极少见的不饮酒的导演。过了一会儿，服务员上了一套茶具，我们2人无声地品味着第一壶茶。

"以后别再演'鬼子'了。"导演忽然出乎意料地说道。

我有点愣神，拿着茶杯的手停住了。

"浩二你已经足够努力了。这部剧拍完后，你去找你自己感兴趣的角色演吧。想要进一步成长，角色多样化是必须的。"

导演的眼神中没有丝毫开玩笑的成分，闪烁着严肃的光芒。

"我也想这样，但是现在还不行，我现在能接到的工作也只有'鬼子'。"我无奈地说。

"不会的。现在你的知名度已经很高了，一定会有抗日剧以外的工作来找你的。浩二你演别的角色一定也能演得很好。"

对于导演这样毫无保留的信任，我有些无言以对，感激地看着他。

导演又说道："我想你作为一个日本人，一直扮演'鬼子'一定十分辛苦。但是，正是因为你这样的演员存在，中国人对日本军人的看法才有了些许改变。"

"真的吗？"导演的这句话真正触动了我，让我有些激动。

"从现在开始，开始选择工作吧。至今一直让你演这么辛苦的角色，对不起啊。"

我不由得流出泪来。我依然讨厌爱流泪的自己。

那之前，作为"鬼子"演员，我内心的纠葛没有和任何人说过。然而，我面前的这位导演，只用了很短的时间就看透了我心里的想法，像是从很早以前就在看着我一样。我身边这么近的地方，有一位理解我感受的人，我并不孤单。

"'鬼子'之类的，不去演他就好。"

我的心里仿佛一直期待着有谁能对我说出这样的话。

刘导的一言一语我铭记于心，身心也随之变得轻松了。现在，我从"鬼子"的束缚中被解放出来了。而且，如果真如导演所说，我演的"鬼子"让中国观众对日本军人的看法有了些许的改观，那简直没有比这更幸运的了。3 年来我为"鬼子"的角色所做出的奉献并没有白费。

就这样，我暂且为自己"鬼子"演员的工作打上了休止符。我推辞了所有风格陈旧的抗日剧的工作，一直等待着与之前没有出演过的作品类型相遇。我决定直到相遇为止，就依靠积蓄勉强糊口。

然而，人生是无法预料的。这之后我的工作有了连我自己都预想不到的展开。

才过了 1 年，放映在电视节目上的用绳子绑住鳄鱼的嘴、热情演唱《哆啦 A 梦》主题曲的我的更多姿态——这些又有谁能预测得到呢？

第五章　下一个舞台

快乐大本营

在中国奋斗四年之久，我因为在抗日剧中频频出现，所以积攒了一定的知名度，在中国期间也接受过各种娱乐节目的邀请或采访。

也许是因为我的经历在中国观众眼中有一定的猎奇价值，在《大刀》的拍摄期间，我突然收到了湖南电视台请我参加娱乐节目《快乐大本营》的邀请。而我自己从未想过，我一直寻找的改变契机，就这样悄无声息地发生了。

《快乐大本营》是一档极具知名度和收视率的综艺节目，主持人和每期邀请的嘉宾几乎都是业界一线，能参加这样的节目对我来说，当然是一个不容错过的机会。我立刻就答应了下来，并且开始着手准备。

娱乐节目最重要的，是谈话的环节。然而，这种以极快的节奏和语速进行临场发挥的谈话，对于汉语能力只限于日常对话的我来说，几乎是个无法逾越的考验。针对这种情况，我制定了专门的应对策略，每到出演娱乐节目时，我都会在录制前一天将剧本上的所有问题都想好答案，然后自己拼命练习到熟练的地步。

在彼时彼刻，我唯一能够依靠的，依然是我的中国朋友小徐，每次节目开录之前，我们两人会将剧本上的台词翻译成日语，并提前想好能够炒热气氛的回话。

"遇到关于在中国的烦恼话题时，讲搞错书信和厕纸的事不是很不错吗？"

"是很不错啊。和邮局的阿姨之间的争吵，能够再现出来的话应该会很有意思。"

"邮局的阿姨，用中国话怎么说？"

"说你好就行了。"

经过这样反复的对话，我的汉语自然而然地流利了起来。

然而，我之前的所有做法和经验，这次已经完全失效了。《快乐大本营》跟其他的娱乐节目不同，这档节目会即兴插入一些临场发挥的小短剧，不会有事先准备好的台本，这对我来说，是一个前所未有的考验。而且，更加艰难的是，我知道这件事时，已经是开录前一天晚上了。

"谈话结束后，浩二需要和女主持人一起演一段 15 分钟左右的小短剧。"

节目导演的话，让我目瞪口呆。

"哎？这样吗，台本上没有写啊。"

"不需要台本。只有题目是决定的，剩下的就全靠在现场的即兴发挥了。"

"即兴发挥？！我做不到啊，那样的事！题目是什么呢？"

"明天，主持人会在节目里公布。"

突如其来的考验让我瞬间慌了神，慌忙恳求导演。

"太困难了！事先把题目告诉我也好啊！"

"不行，这是在节目里才公布的，所以……"

"拜托了！求你了！"

"……"

面临生死考验的我一直恳求导演，最后导演估计也是于心不忍了，还是把题目告诉了我。

这次需要在节目中表演的短剧，是一对恋人在机场的分别戏。

看起来并不困难，但是熟知娱乐节目风格的我知道，这个短剧一定会有意想不到的反转等着我。

表演短剧，我并不是没有经验，在日本时就曾专门学习和练习过。但是此次跟以往完全不同，这是在热播娱乐节目的现场，而且对白需要完全用中文进行，这对于我反应能力的考验不言而喻。

只不过至少事先知道了题目内容，所以我也并没有太慌张，那天晚上在酒店里，我几乎没有合眼，脑海中一直在思考短剧的问题，把所有能想到的可能性和对白都想了一遍。

第二天，睡眼惺忪的我早早到了演播大厅熟悉情况。不得不说，虽然在中国经历了很多事，但是这里依然会有无数个场景震撼我。

《快乐大本营》的演播厅与其说是一个录播室，不如说是一个大剧场，观众席位如山如海，居然能同时容纳多达800名观众。当时观众还未进场，但是看着那些密密匝匝的座位，我情不自禁地感觉有点腿软。

我虽然是一个演员，但是拍摄电视剧的时候，面对的最多也就几十个人，何尝在这么多人的注视下演过戏，来自小地方的我，有点怯场了。

这种心情一直持续到我上台，在后台等待的时候，我的心一直剧烈地跳动着，昨天晚上想好的台词已经完全想不起来了。

"幸好不是直播！那就只能将错就错了！"我心里有点自暴自弃地想着。

很快就到我出场的时间了。我依然在紧张，忐忑不安地向舞台中央走去，观众席突然爆发出了震耳欲聋的欢呼声。

面对着从未体验过的欢迎，我忽然也热血澎湃了起来，紧张感似乎也减弱了不少，不由自主地笑了起来。

接下来的节目录制出乎意料的顺利，我也做出了自己都难以置信的表现，所有的问题和环节不仅顺利完成，而且还有了意料之外的效果。

也许是极度的紧张和兴奋让我有点控制不住自己，行动也更加大胆了起来。在谈话环节中，我借着现场的势头开始加入各种即兴发挥。

我用日语关西话教观众说："赚了不少吧？马马虎虎啦……"诸如此类的俏皮话。还热情演唱了《哆啦Ａ梦》的主题曲，因为我夸张的表演和煽动，节目录制现场爆笑不断，对我来讲如临大敌的谈话环节在不经意间就完成了。

节目录制进入后半部分，即兴的小短剧环节也终于要开始了。和事先拿到的一样，题目是：在机场告别的情侣。因为谈话环节的成功而心情大好的我，又一次鼓起干劲。

"START！"表演开始的信号发出。

跟我演对手戏的女主角是《快乐大本营》的当家主持人谢娜，她本身也是一个优秀的演员，进入状态速度特别快，在这一瞬间，她回头看我的眼光里已经泛起了晶莹的泪花。

"就算再怎么阻止我也没用的。我，放弃了你，选择了梦想。"她说。

"你要是走了……我该怎么活下去啊？"

"没有办法……我已经下了决心。为了自己，我必须离开这个地方。"

"我要等多久才好？"

"5 年？"

"这样吗，时间太长了。我等不下去的。"

"我就是讨厌你的这一点！为什么不肯等我？"谢娜激动地说。

在这一瞬间，我的脑中突然一片空白，完全不知道接下来该说什么了。

"再过 5 年，你就成了大妈了吧。"感觉不合适。

"再过 5 年，我也没有自信能够成为吸引你的有魅力的男人。"这句怎么样？但是问题是我不知道该怎么用中国话表达这句话的意思。这段时间里，现场奇怪地沉默一直持续着，观众大概都在等待我说些什么吧，我必须立刻继续表演，不能冷场。

"**とにかく、いかないでくれ**！（总之，不要走！）"情急之下，一句日语不由自主地脱口而出。

切换到日语频道之后，我的感情意外地找到了爆发点，眼泪也顺其自然地流了下来，深情款款地继续说："**君に行って欲しくない。俺のそばにいてくれ。ずっとずっと、僕のそばにいてくれ！ 僕には、お前しかいないんだ**（我不想你走。待在我的身边。永远永远待在我身边！我的身边，就只有你了……）"

谢娜当然听不懂我在说什么，但是她不愧是最优秀的主持人，临场反应能力让人叹为观止，她似乎没有一丝意外，脸上还挂着凄楚的表情，口中却一本正经地吐槽："别说些我听不懂的！"

小短剧出乎意料地神奇展开，让会场响起了热烈的喝彩声。这喝彩声，是给突然切换语言将短剧表演到最后的我，还有明明听不懂日语，却还能天衣无缝表演的谢娜。打破了这个困境，让我很有满足感。之后，大约一个半小时的节目录制，也顺利结束了。

可能是因为《快乐大本营》收视率极高的缘故，也可能是我当时的表演给观众留下了不一样的印象，那次节目以后，网上关于我的讨论明显增多了，而且出现了一些意料之外的评价。

"那个'日本鬼子'，唱了《哆啦A梦》的歌啊。"

"没想到矢野浩二原来是这样的性格。"

除了观众，对我在娱乐节目中的表现刮目相看的，还有电视业界的相关人士，我接到的邀请也急剧增多了。

而我，也感受到了直接面对观众表演而产生的激情和魅力，这跟我之前的工作虽然完全不同，但是收获的快乐却犹有胜之。

"难道我更适合娱乐节目吗……"

久违了，屡次改变我人生轨迹的捣蛋精神。也许就是如此的灵光乍现，我开始积极地付诸实践，把工作重心慢慢转移到了更多的娱乐节目方面。

命悬一线

可能因为《快乐大本营》本身的收视率极高，也可能是我那次的表现让业界发现了我与生俱来的喜剧元素，那次节目结束以后，我开始接二连三地收到各类娱乐节目的演出邀请。而我当时因为演了太多年"鬼子"的角色，正处于事业的瓶颈期，所以顺理成章地接下了这些邀请。

只是，不得不说，这些节目并不都如《快乐大本营》那般轻松，有很多节目的企划甚至有些过激。

这些节目最常见的一种表现方式是惩罚游戏，这在日本的娱乐节目中也经常见到。简单来说，就是把参演的嘉宾分成两组玩游戏，输的一方要接受惩罚任务。

非常遗憾的是，我的反应力总是慢一拍，玩游戏的能力非常弱，十之八九都是输掉的那一方，所以接受惩罚任务的概率高得让人发指。

这些任务有一些只是纯粹的搞笑，但是有一些，却是在真正的挑战极限。我记忆最深刻的一次是高空挑战。

那次是在哈尔滨市拍摄一档节目，理所当然地，玩游戏我再次输了，然后接受惩罚任务。只是这次的惩罚任务不同以往，是在户外进行。初开始时，我也没有多想，觉得无非就是搞怪。

但是看到真实场景那一刻我有点凌乱了，那个游戏进行的场景是在一座名叫"龙塔"的电视塔，高度有 336 米之高，比举世闻名的东京铁塔还高三米，在塔顶的栅栏最靠外的地方，有一个秋千，秋千荡到栅栏外最高处时，会碰到一个吊篮，其上挂着一个玩偶。

而我的任务，就是坐上这个秋千，荡到最高处，用嘴取到这个玩偶。

我有轻微的恐高症，刚一坐上秋千，脑袋里就一片空白。向前荡的时候，秋千会完全越过了塔顶的栅栏，低头就是三百米的广阔虚空。我只能尽量不向下看，想办法抑制住内心的恐惧，集中注意力去拿眼前的玩偶。在战战兢兢中陆续试了好几次，才终于用嘴叼到了玩偶，而任务完成时，我已经全身冒汗两腿发抖了。

　　还有一次，是挑战在三十秒内捆住一只鳄鱼的嘴巴，当然，我所要面对的鳄鱼是体形较小，性格温和，没有什么攻击力的那种。但是就算是这样，看到面前这头怪兽那口寒意森森的牙齿，我还是会忍不住腿软。

　　"它们基本上不袭击人，所以没事的。"导演和饲养员信誓旦旦地这么跟我说，但是不说还好，听他们这么一说我更紧张了。"基本上"不咬人！那就是有可能会咬人，而我，居然要去捆住它的嘴巴，游戏开始的时候，我看了看自己的胳膊，确信一条绝对不够它一顿晚餐。然而害怕归害怕，任务还是需要完成。我几乎是以一种大无畏的牺牲精神完成了这个任务。

　　除了比较刺激的任务，我在这些娱乐节目中完成的另类任务还有很多，比如比拼给猩猩穿衣服的速度、在宽度只有 2 米的悬崖栈道上开车、一边唱歌一边做菜，唱错了歌词就要从头开始做诸如此类。

　　现在回头想来，那段时间密集地进行这些娱乐节目的拍摄，对我作为一个演员来说，重要性不言而喻。在之前很长一段时间，我留给中国观众的印象只是刻板的"日本鬼子"，但是在那些节目以后，他们可能才发现：哦，原来矢野浩二是这么好玩的一个人啊。

下跪风波

演员跟世界上的任何职业一样，总会遇到挫折，总会发生一些意料之外的事，不管作为影视演员，还是娱乐节目演员，都一样会出状况。我在这些节目的拍摄中得到的不仅是成长，还有对中日文化差异更深的体悟，这对我的人生来说弥足珍贵，我将永远铭记于心，并尽力将这些细微的差异传达给中日两国的年轻人，让他们之间的误会更少一些，只要能消除一点，对我来说也是巨大的快乐来源。

有一次，我参演的娱乐节目就出现了一次让我意想不到的状况。

那次节目中有一个问答环节，具体问题我已经记不清了，反正结果是我再次输了，然后理所当然地，要完成惩罚任务。

而那次的惩罚任务，看起来很简单，叫作"飞镖扎气球"。具体内容，就是在我头顶放一个气球，然后让另外一个主持人投掷飞镖扎破它，在游戏过程中，我的眼睛会被蒙住，手脚也不能动，身体自由完全被剥夺。而那个主持人会站在我前方五米向我头顶投掷飞镖。

这是一个很简单却很危险的游戏，因为那些飞镖都是真的，跟匕首一般锋利，我亲眼看到它能轻而易举地刺穿一块薄木板，而我毕竟是血肉之躯，如果被刺中，受伤的概率简直是百分之百。

我战战兢兢地去询问主持人有没有投飞镖的经验。

"昨天第一次尝试了一下，但是一次十分都没中过啊。"他这样回答我。

看着他毫无顾虑的笑容，我的脑中不由自主地浮现出飞镖刺进我眼睛、额头里的场景。我当时就感觉这个游戏有点过分了，所以立刻请求更换游戏方式，却始终没有得到允许。

这时，我几乎已经完全代入了搞笑角色，下意识地跪了下来。我胆小的样子，引得现场爆笑不断。但是，就算这样也无济于事，惩罚游戏还是照常进行了。

幸运的是，主持人似乎超常发挥了，气球在第一次投掷时就被扎破，我的额头也躲过一劫。节目圆满完成了，从效果来看也非常成功。

但是，我万万没想到的是，节目播出后，围绕着这个惩罚游戏引起了出乎意料的巨大争议。对于我在节目中下跪的表现，大量观众通过各种渠道向节目组发来了不满意见。

"工作人员做得太过了！矢野浩二那样很可怜。"

"这不就是欺负人吗。人家一个大男人都跪下了，还继续执行惩罚的主持人太冷酷了。"

而针锋相对地，也有一大批人持有不同的意见：

"说可怜的人，想得太多了吧。那不过只是演出而已啊。"

"浩二应该是故意这样做的。如果不是的话，节目组就不会请他来了。"

我做梦都想不到自己随意的一跪居然引起这么大的争论，有点不知所措。

我从来没有考虑过，对于下跪这种行为，在日本和中国有着微妙的差异。

在日本，下跪这个行为虽然也有沉重的意义，不过在电视界，特别是在娱乐节目里，下跪不过是一种博人一笑的行为，演员和观众都不会把这个行为往深处想。

但是，在中国，就算是在娱乐节目里，下跪也不会被看作是搞笑。似乎和捆绑鳄鱼、被飞镖投掷这些危险行为相比起来，下跪会更容易获得大家的同情。而且中国的观众并不认同侮辱人格的表演方式，对于刻意的贬低，观众不仅不会发笑，反而会急公好义地打抱不平。这可能是中国和日本观众之间最大的不同之处。

这种差异平时不显山露水，但是却润物无声地沉浸在两个民族的民族性格中。

譬如，在中国，"自虐段子"并不怎么被人接受。像"你是秃子""你是矬子"等等暴露别人缺陷，用别人的短处来博取笑声这种行为是不可能的，观众不仅不会买账，反而深刻反感这种故意歧视别人的行为。下跪这种行为也是，中国人的自尊心比较强，对贬低别人或自己的言论很少有人发笑，反而会从内心深处同情和理解弱者，这是一种可爱的让人感动的民族性格，没有跟中国人深刻接触，是不会察觉到这些细微的特性的。

还有，脸颊对于中国人来说有着特殊的意义，刻意打对方脸的行为在中国人看来是极其不尊重和轻浮的，这种做法不仅不会收获笑声，反而会得到铺天盖地的谴责。

在中国待久了，我发现了不计其数诸如此类的特性，奇妙的是，作为一个日本人，我对这些中国人特性不仅没有排斥，反而觉得深得我心。感觉这些对他人、对自尊的理解跟我内心深处是不谋而合的。我就像一个游客，一边走马观花，一边会心微笑。这种体验弥足珍贵，仅仅来中国旅游的短期游客是绝对不可能拥有的。

说句题外话，之前那个飞镖扎气球的游戏其实并没有看起来那么危险。事实上，戳破气球的不是投掷飞镖的主持人，而是在我旁边的当助手的女生。投飞镖不过是吓唬我的手段，实际上只是那个女生在适当的时候用针将气球扎破，这一切观众和现场的其他嘉宾都心知肚明，只有被蒙上眼睛的我不明真相。

那段时间，我为了逃避已经厌倦了的抗日剧，开始频繁地出演各种各样的娱乐节目。这本来只是无奈之举，但是没想到这个不经意间的决定，再次改变了我人生的轨迹。

转型做主持人

"下一次，浩二你试着当主持人看看吧？"一次娱乐节目录制结束后的宴会中，湖南电视台的制片人突然对我说。

"我当主持人？！"我有点愣住了，在之前三十年的人生规划中，我一直都只想做一个好演员，主持人这种事想都没想过。

"嗯。其实现在，我们在考虑新的娱乐节目的企划。是一个从未有过的，全新形式的娱乐节目，设有谈话、短剧还有其他各种环节，在周五的黄金时段播出。常驻主持人我们考虑大概要 5 个人，除了浩二，还有汪涵我们也发了工作邀请。"

"汪涵先生吗？那太厉害了。"我立刻激动了起来。汪涵是中国首屈一指的娱乐节目主持人，曾经因为主持一档选秀节目大获成功，在中国的年轻人群里几乎是家喻户晓。能跟这样的主持人合作，对我来说当然是求之不得的事。

制片人似乎看出我心动了，继续说道："浩二要是来做主持人，一定会非常有意思。在中国的娱乐节目中担任主持人的日本人，至今都从未有过呢。"

不是作为嘉宾，而是作为主持人的出演邀请。而且，是中国娱乐节目史上首个日本主持人。我抑制不住内心的兴奋，将手中的一大杯啤酒一饮而尽。

此时的我在中国已经生活了几年之久，对中文的对话还有中国特有的搞笑风格都有了一定的理解。但是，必须得说，这些经验都是建立在做嘉宾的基础上，做主持人需要的能力和做嘉宾完全不同。要掌握抛出话题的时间点，要掌控现场的气氛，要具备带动节奏的能力，这些能力对于我来说还是一片空白，而且因为每周都有播出，所以在日程上也注定不是一个轻松的工作。但是，当时的我已经敏锐地感觉到这是我人生的又一个重要机会，绝对不能放过。

"请一定让我做这份工作！"

我和制片人干了杯。就这样，我成了湖南台的新节目《天天向上》的主持人。

几个月后，湖南台的新招牌节目，《天天向上》正式开播了。播出时间在每周五的黄金时段。以我和名主持汪涵为首，并起用了多名新锐的年轻综艺明星和演员，节目一开播收视率就节节攀高，引起了巨大的反响。

但是坦率地说，这种热潮跟我自身关系并不大。在节目播出初期，我所起的作用可有可无。

主持《天天向上》有着其独特的难度。和其他的节目不同，它没有正规的台本，只有一本介绍大概情况的节目总览，整个节目的进行基本依靠即兴发挥。这一点让我之前积累的经验变得毫无用处，我必须从头开始摸索。

我们每次都会在节目录制前几个小时收到总览，了解今天都有哪些环节、有哪几位嘉宾到来等信息，而剩下其他的，就只能依靠临场发挥。这种事对于其他人来说，可能只是略微为难，但是对我来说，却完全是措手不及，因为我已习惯了在上节目之前拿到台本，提前背熟练。这次完全没有台本，感觉就像是不带武器上战场，让我对节目充满了忐忑。

所以在最开始的一段时间里，我一直都不敢说太多话，生恐说太多会造成不必要的麻烦，这样一段时间后，主持人行列最靠外的位置就成了我的专属位置，我变成了一个只会点头，毫无存在感的舞台背景。

创造属于我的精彩场面

这样下去绝对不行！我好不容易得到这个重要的工作，要是这样下去，不仅不能给节目增色，反而会变成节目的累赘。我感觉到一种危机感紧紧环绕着我，心情也日渐焦灼，但是却完全不知道如何改变。

《天天向上》不同于其他娱乐节目，因为大多是临场发挥，所以现场的节奏快得异常，根本没有给我反应和思考的时间。我也试过在中途插入对话，但是效果却往往并不好，让其他主持人和观众反应不过来冷场的情况时常发生。

时间越久，我就越苦恼，作为舞台背景存在的生活不是我想要的。工作人员也看到了我的反常，在工作间歇会来安慰我："我觉得浩二保持这样就可以啊。偶尔说些不搭调的话现场也会沸腾起来。这不就是天然系角色吗？"

的确，因为主持人有好几位，我自己没有发挥好也许并没有什么大碍，可能作为一个外国人，大家对我的要求天然更低，只需要装傻和偶尔发表几句话就可以了，大概这才是《天天向上》邀请我的主要原因。

只是，对我来说，这种情况却完全不能接受，因为对我个人要求比别人低，这种理由让我感觉自己天然比别人低一等。若要说得极端些，那就是说这个工作似乎只要是个日本人就能胜任，我矢野浩二自己的价值完全没有体现出来。

我必须要做出突破，我考虑了很多。一天节目的录制结束后，我将现场导演的其中一位请来了休息室。

面对一脸惊讶的现场导演，我坦率地传达了自己的愿望：

"我的汉语不过关真的很抱歉，为了能做出更好的表现，给节目增加点亮色，我希望可以在节目录制前一天拿到一份台本而不仅仅是总览。没有全部的台本也没有关系，只需要告诉我哪里我可以说话就可以了，我想得到说话的机会。否则整整两个小时时间，我只能站在舞台上点头，这样的话不仅对节目没有贡献，我对自己的表现也完全不满意……"

说出这些话，我是孤注一掷的，毕竟在这档节目中，所有人都没有台本，我要求看台本的做法显然是不合常理的。但是可能是考虑到我是一个外国人，汉语并不是我的母语，导演考虑了一下之后，居然答应了我的要求。

这真是意外之喜！果然，在接下来的一次节目录制之前，他很快就给了我一份简单的台本，并且设计好了能让我单独说话的地方。

就这样，我终于能和其他的主持人站在同一个舞台上了。而为了感谢工作人员和同事对我的照顾，我也必须努力发挥自己的特点，让节目的气氛更加热烈。

要跨过语言障碍，在几位各有特点的主持人中做出表现并不是一件容易的事。我先做了段子笔记，并片刻不离地带着它。

这个段子笔记是我在中国工作的随身法宝，我将我对中日文化之间的细微差异，还有一些外国人在中国常闹的笑话等等都记录了下来，然后时刻回味，直至铭刻在心，信手拈来。这些准备工作是很有必要且富有成效的，在接下来的几次节目中，我果然有了亮眼的表现，观众也开始关注起我了。

"鬼子专业户"这个坚冰，似乎在不经意间慢慢融化。

因为脑子里天天都在想搞笑段子，作《天天向上》主持人的那段时间，我时常在怀疑我是不是更适合做一个搞笑艺人，

大阪出身的我，体内果然也流动着不少搞笑的血液，这份工作对我来说越来越得心应手，并且从内心深处喜欢上了这档节目。

但是在做了几期之后，我忽然发现了一个奇怪的现象：在节目中，其他主持人也许是照顾到我外国人的身份和感情，对我开起玩笑的时候都是点到即止，不会像他们互相之间那样无所顾忌。他们当然都是好意，但是对我来说，却深深感到有一种无法融入集体的苦恼。

终于，继导演之后，我又将以汪涵先生为首的其他主持人一起叫到了休息室，开门见山对他们提议说：

"大家不用照顾我的感情，在舞台上可以尽管开我的玩笑，说什么都可以，我绝对不会介意的，而且被人笑话在我看来是被关注的意思。所以请大家以后不要对我太客气，说我是'哆啦A梦的国家来的鬼子'或者'咿呀学语的日本人'什么的都可以，

总之拿我作笑料吧！"

听我说完，汪涵先生首先忍不住笑了起来，然后气氛变得格外热烈，他们都像是放开了包袱，轻松地说：

"我没想到浩二是这样的性格。"

"这样的话，我们就不客气地把你当笑星啦。"

"浩二你是纯粹的 M 吗？"

……

经过这次谈话，我跟其他几个主持人彻底成为一个整体，舞台上也开始无所顾忌。当然，我因为说错话出丑的事件还是会不时发生，但是在舞台上，最重要的事就是不能因为一时犯错而怯场。

好的作品没有创作者们之间的信赖感是不会产生的，继电视剧的拍摄现场之后，我又一次深切感受到了这一点。

总之，在《天天向上》中，我所能做的，就是跨越语言障碍，把想到的事都做做看，把准备好的段子都抖出来，虽然可能会有失误或者不合时宜的事情发生，但自己一定能从中得到些什么。

现场表演和演出电视剧最大的不同也正是在这里，在现场的话，你做出什么表演，想要什么效果，观众会立刻给你反馈，让你知道是不是得到了预期效果，这正是舞台的魅力所在。

而我能在舞台上自由地发挥，也是多亏了有经常援助我的其他主持人，还有很多做各种工作的工作人员，正是有他们的存在，才让这档节目受到了观众的欢迎。

2009 年，《天天向上》追过了之前的人气节目之王《快乐大本营》，一跃成为湖南电视台收视率最高的娱乐节目。现在据说已经有 2.5 亿人次的观众了。

在《天天向上》的那段日子让我学习到了很多宝贵的经验和知识，让我明白，要想在演员这条路上前行，就不仅不能因为自己本身的缺点和困难而退缩，反而要更加努力更加勇敢地往前走。如果你对世界表达出了足够的诚意和信心，那么所有人都会帮你来实现愿望。

在做了很多期节目之后，我也会偶尔因为有听不懂，而不能成功参与对话。这种时候我就会说着"好好"帮腔，其他的主持人就会说着"别这么敷衍了事啊！浩二你正在被提问呢！"吐槽我。

在这样反复的摸索之中，我们构筑了一个坚固团队，让观众和演出者都由衷地感到快乐，我偶尔甚至会自满地觉得我们在某种意义上开创了一种全新的娱乐节目模式。

柳暗花明的日子

"浩二，你不是笑星是演员啊？！"

"是演员！偶尔也看看电视剧吧！"

在节目的录制当中，我曾经和观众进行过这样的互动。不知不觉中"一说鬼子就想到矢野浩二"，变成了"想到矢野浩二就想到娱乐节目"，能给观众带来变化这么大的印象，我自己没想过。

中国有句诗，我一直觉得用来描述我的人生特别贴切：山重水复疑无路，柳暗花明又一村。当我在电视剧的演出工作中碰到瓶颈的时候，恰好在娱乐节目中看到了另一种可能性。而当我逐渐远离电视剧界的时候，转机又悄然而至了。

或许是在娱乐节目中的表现让别人看到了不一样的我，这次来找我的，居然绝大部分都不是鬼子角色，而是各种各样的，各行各业的都有。其中不乏有一些让人眼前一亮的角色。

在 2009 年，我第一次接到了在中国出演电影的工作邀请，成就了银幕出道。在这部名叫《熊猫大侠》的喜剧电影里，我饰演了一个头发留到肩膀，穿着奇特战斗服装，并和熊猫进行格斗，引发重重闹剧的奇葩角色，在某种意义上，这算是彻底颠覆了我之前留给观众的印象吧。

在 2008 年拍摄的一部叫作《翡翠凤凰》的电视剧里，我饰演了一个生养在中国的日本人"小岛"。小岛青少年时期一直生活在中国，因为战争的影响而无法回国。然而，成人之后，他作为日本军的士兵再一次踏上了中国的土地，并和过去的朋友和恋人再次相见。电视剧将小岛因立场的巨大变化而带来心理的困惑、痛苦、纠结都细致入微地表现了出来。

这部名不见经传的电视剧我之所以记忆犹新，是因为在我至今出演的电视剧里，台词大半都是日语。但是，《翡翠凤凰》里的台词有 8 成都是中文。

而且，小岛还是在个人情感和家国之事间不断动摇，又不得不踏上战争之路的角色，这个角色充斥着大量内心戏，极其难演。我知道这样说有些自大，但是能够出演这样的角色，不正表现了我兼具日本演员和中国演员的独特风格吗？而且，这个角色并不是过去一直在重复的冷酷鬼子，而是一个有着自己内心，有血有肉的人，所以能够出演这样一个角色，对我来说，绝对是一种幸运的事。

除了《熊猫大侠》和《翡翠凤凰》，那几年我出演的角色也丰富了起来，真正算得上百花齐放，不再是千篇一律的鬼子。

这些电视剧中，有反映反战联盟的间谍电视剧《特战先锋》；有表现现代社会商战的都市剧《浮沉》；有表现日本八路反战的电视剧《烽火双雄》；有出演中国人角色的电视剧《天使之城》；有出演张学良的老师、张作霖的日本顾问的电视剧《少帅》。

除这些之外，我还在电影《最佳嫌疑人》、电影《恋爱教父》里搞怪出演了娱乐性丰富的人物。

我非常感激能够演出战争题材之外电视剧的机会，也许正是因为身处中国这片广博的大陆，我才能得到这么多的机会。

而我，也逐渐地感觉到，作为一个演员，作为一个日本人，要更进一步作一些有意义的事。

这个想法，成了我继续演员工作的最大动力。

第六章 承担更重的责任

中日矛盾

作为一个日本人，在中国发展，必然会面临一些绕不过去的问题。而我也不是当初那个懵懂的年轻人，对中日两国之间的历史恩怨有了一些了解。这些事对我的工作虽然影响不是太大，但是总难免会遇到。

有一次《天天向上》录制的时候，请到的嘉宾是中国军队的一名军人歌手。可能正是因为这种背景，所以他留给我的印象和记忆非常深刻。

军队歌手也是歌手的一种，但是跟普通歌手不同，军歌歌手一般直接隶属于军队，为鼓舞军队士气而存在，这在全世界的各国军队中都有设置，但是中国军歌歌手与众不同的一点，就是他们很少参加娱乐节目。这次《天天向上》请到的这位歌手也是破例参加，作为主持人，我们当然觉得与有荣焉，最开始的表现也没有任何纰漏。

在节目进行到一半的时候，我们开始跟嘉宾讨论关于座右铭的话题，因为这个话题我事先准备好了台词，所以抢先发了言。

"我的座右铭是'顺我者死，逆我者亡'！"我说的这句话，正确的说法是"顺我者昌，逆我者亡"，我的本意是故意装作无知，抖出包袱，让其他主持人吐槽我说"怎么都是死啊！"，在我的设想中，这一定是一个会逗观众笑起来的小段子，就连小徐都给我保证过。

但是，我根本没想过，这句话面对一个军人说出来是多么的不合时宜，更何况我还是一个日本人。

我话刚说完一瞬间，那个嘉宾的脸色就僵住了，泛起了谁都能看得出的红潮。

"这个节目，不是请错了嘉宾了吧？"他语气凝重地说。

"糟了……"我下意识地感觉到要坏事，开始后悔了，但为时已晚。

"我突然想起'九一八'事变时日本人做出的事了。你们这帮日本人真是野蛮啊。"嘉宾继续说着。

而此时的整个演播厅鸦雀无声，气氛忽然变得格外凝重，我愣在了原地，不知该如何应答，一直沉着冷静的汪涵先生也是一脸铁青。

《天天向上》自开播以来，第一次被这般异样的寂静包围了。

他所说的"九一八"事变，是指 1931 年 9 月 18 日，日军在中国的柳条湖爆破了南满洲铁路，开始全面侵华，之后就是整整 14 年的战争。这段历史太过沉重，我跟我的中国朋友聊天的时候甚至都很少说起。但是经过这几年的学习，我深深地知道，"九一八"事变在中国人心里是多么不快的一个时间节点。

不知道我的那句话哪里触怒了这位嘉宾，或者说是我日本人的身份激怒了他。在接下来的时间里，他开始怒斥日本人在战争时期的残暴和冷酷。我不知道该如何回应，只能尴尬地站在原地，离开也不是，接话也不是。

汪涵先生和其他主持人都见多识广，看到局面失控，开始努力安抚嘉宾，在一番努力之下，终于揭过了这一节，将节目推进到了演唱歌曲的阶段。

我本以为这个插曲在节目录制结束以后就会消散。但是没想到的是，更大的舆论风暴还在酝酿，演播厅的风波只是这场风暴的前奏而已。

那期节目很快就播出了，然后，节目中的交锋突然爆炸一样在网络上蔓延。无数网友和观众卷入其中，指责我和指责那位嘉宾的人开始壁垒分明地大规模交锋。

　　这事造成的影响甚至蔓延到了日本，很多日本年轻人开始责难那位嘉宾。我第一次遇到这种事，这并不是普通的娱乐风波，惯常的危机公关方式几乎没用，我只能慌张地用中文通过博客向粉丝们道歉，但几天后回复就超过了几十万，留言一如既往，还是分成阵营分明的两拨互相攻击，我完全不知所措，慌忙关闭了评论功能。

　　在这种汹涌的舆论风波下，我开始认真思考当时自己的行为，并且意识到自己言行的失当之处。面对军人，这些蕴含战斗意味的话别人可以说，但是只有作为日本人的我不能随便说，如果我当时多考虑一下嘉宾的身份背景的话，这一切大概都不会发生吧。

　　因为自己的疏忽大意给节目的共演者和工作人员造成这么大的麻烦，我真是追悔莫及。但是又不知道如何弥补，开始不可避免地陷入了消沉的情绪之中。

　　在那段艰难的日子里，却也让我发现了一些格外感激的话语。在我的博客下面，我时常能看到站在客观角度支持我的人们。

　　"浩二，你不用在意这些事，你跟那些历史事件没有关系。"

　　"这不应该是带进娱乐节目的话题。"

"我们不能原谅引发'九一八'事变的日本。但是，那和浩二没有关系。"

诸如此类的留言不计其数，对我来说，都是极大的鼓舞和支持。这件事无论从哪个角度看，我的行为都有欠妥之处，但确实是无心之举。

然而，我的心情却丝毫没有变得轻松，反而更加焦灼了。我完全不想因为我的缘故，让这么多人产生分歧和冲突。然而身处风暴中心，我却无能为力，只能眼睁睁看着一切发生。

在我的演员生涯中，遭受这种舆论风波不是第一次。记得当初刚演抗日剧崭露头角的时候。就有很多关于我的谣言在网络上流传。

譬如：

"因为矢野浩二一直在中国作为演员进行工作，所以他在日本正受到责难。"

"他一直演鬼子，所以现在已经是不敢回国的状态了。"

"日本黑社会悬赏浩二的人头。"

这种谣言甚嚣尘上。说这些话的人都是因为关心我，但是对我来说，真是极其尴尬。刚演出抗日剧的时候，我的确受到了一部分日本媒体的攻击。但是也只是普通的娱乐圈新闻，完全没有上升到"浩二被全日本的人厌恶着"这种程度。

也许对其他演员来说，这种事都是很普通的娱乐新闻，但对我来说，无论在我身上发生什么事，最后一定会上升到历史、政治的高度。

在这种处境下，我逐渐意识到，中日两国人民之间依然对那段抗日历史有着截然不同的理解。

一个不自量力的想法开始在我心里萌芽。

"我想融化它。"

融化中日坚冰

我的失言事件造成的后果比我想象中的更严重，不仅我被卷入了舆论旋涡，连《天天向上》整个节目都受到了影响，受到了很多不必要的非议，这种情况我非常不愿意看到，但是却又无能为力，只能暗暗自责。

事件过去没多久，我突然接到了汪涵先生的喝酒邀请。

他在整个《天天向上》节目组的地位举足轻重，相当于所有人的领头人。作为主持人，他的经验和能力卓越超群，掌控现场节奏的能力和敏捷的反应速度都让我自叹弗如，对于汪涵先生，我一直心存感激，因为当时推荐我做《天天向上》主持人的正是他。

彼时因为我的缘故，让整个节目都受到了舆论影响，他找我谈话，应该是要说起这方面的事，我心情沉重地赴了约。

果然，刚一见面，他就开门见山地说："浩二，你必须对自己的立场有所自觉。"

我的脑海里，浮现出了我失言的情景和军歌歌手满是怒气的脸，顿时感到无地自容，诚恳地表达歉意："的确，我正在反省自己之前不谨慎说出的话。因为自己是个日本人，面对一个军人我应该更慎重才对。"

没想到我话还没说完，汪涵先生就打断了我，说道："不是那样的。那件事是意外情况，我们大家都没有放在心上。我说的是其他方面。"

我有些意外，惊讶地看着汪涵先生。

"浩二，你现在是中国最有名的日本人。你应该活用这个身份，在《天天向上》或其他媒体将日本的事更多地传达给观众啊。反过来，你也可以将当今中国正在发生的事传达给日本。你必须这样对自己的身份有所自觉，并成为中国和日本之间沟通的'管道'。"汪涵先生眼中依然闪烁着智慧的光芒。

我醍醐灌顶，看到了一个从未见过的世界，突然扑面而来，让我愣在了原地。

是啊，我当时来到中国，本来只是想做一个演员，现在我不仅演出了不少影视剧，还担任了娱乐节目的主持人，从某种意义上来说，当时的梦想已经实现了一大半。那么，接下来的？今后，我应该追求怎样的生活方式呢？除了这些本职工作，我还能为中日之间沉重的误解做些什么呢？的确，如果我通过娱乐节目来向日本介绍中国，向中国介绍日本，成为联系两国的"管道"，就算力量微不足道，但是也一定会改变些什么。

如果通过我在中国的活跃表现，让中国的人们对日本产生兴趣，让日本的人们对中国产生兴趣的话，中国和日本的年轻人之间对对方的误解总会减少一些吧。

汪涵先生所说的"管道"一词，为我指出了一个奋斗的方向。当然，这并不是一件简单的事，我也只是一个普普通通的演员，能量远远没有达到彻底消除误解的程度，但我相信总有一天这个目标会实现的。要说理由，那就是在我的身边，有不计其数善良的同伴，汪涵先生、小徐、杨小姐，这些给予我巨大帮助的中国同伴一直都是我继续前行的力量。

作为中日之间的"管道"。

我的新挑战，才刚刚开始。

变化中的中国

近几年来的中国，在本土影视剧上经常能看到外国人的身影。娱乐节目里也是，除了《天天向上》之外，还有很多娱乐节目都会邀请外国人作为嘉宾炒热气氛。

这个古老的国家正在进行巨大的变革，无论从生活方式还是其他各种方面。因为经济情况发生了巨大好转，所以新时代的年轻人视野更为开阔，会主动关注世界上其他国家正在发生的事。中国年轻人的涉猎之广博，眼光之敏锐，常常让我自叹弗如。我

常常可以在中国的网络上看到讨论其他各国娱乐、经济、历史的
文章。有些年轻人对日本娱乐、动漫各方面的了解甚至比我这个
土生土长的日本人还多。

而对中国正在发生的这些变化，日本大多数人还一无所知。
很多人对中国的印象还停留在 20 世纪八九十年代。说起中国，
大多数日本人想到的依然是《三国志》、反日、汉唐等等古老的
印象。

现在中国正在发生什么？很少有日本人会关心。

超过很多日本人想象的，还有中国人对日本抱有很大兴趣，
也想进一步接近日本。我遇到的中国的年轻人，大家都会主动问
我："日本是个怎样的国家？现在，那边在流行什么？"

《天天向上》的观众在关于日本的电视剧和动漫上比我了解
还多，杂志采访时的记者也一定会询问我关于日本人对于中国的
看法。可是这些事，却很少有日本人知道，不仅如此，还因为过
去的误解，很多日本人依然以为中国绝大多数人都抱有反日情绪，
不得不说，这是很让人遗憾的。

中日两国若还仅仅依靠政府和媒体宣传互相了解的话，那么
误会恐怕不容易彻底化解，民众之间的摩擦也不知道何时才会消

除，这是战后至今的历史所一再证明的。经过这么多年的思考，我深深觉得，只有人们之间直接接触才能消除历史带来的误会。就像我一样，在来到中国之前，不也一样对中国所知甚少吗？

两国人民之间的坚冰，就算是一个纠结在一起的死结。而能够解开这个结的，不在于政治和思想信条，而在每个生活在当下的人，在于每段真挚的感情和人际关系。不论日本人还是中国人，从自己身边的事开始构筑关联性，不被过去或现在的争端所束缚，而要着眼未来。

"你们一直用过去的事严加指责日本，但我们却没有用原子弹爆破的事去弹劾美国。"

这是，我在《记忆的证明》里的台词。

我知道被这句话触动了内心，并产生了共鸣的中国人不在少数。

我的"中国梦"

中国是一片神奇的大陆，蕴含着无穷无尽的可能性。这种可能性随处可见，俯仰皆是，可能你不经意之间，就会遇到改变你一生的机遇。

　　我作为一个日本人，在中国奋斗十多年，取得了一点成绩，除了自己从未放弃的原因之外，这种随处可见的可能性也是重要的原因。

　　在中国，演艺界并不是固化的一个个公司和人脉网络，而是处于一种随时可流动的自由状态。

　　在日本，如果要做演员，你必须要属于一个演艺事务所，然后才能接到工作。在大大小小的事务所共存、关系网络极端复杂的日本演艺界里想要一个人单独闯荡，基本上是不可能的。

　　但是在中国，不属于任何公司，自由闯荡的演员却占有很大部分比例。我刚到北京的 2000 年，中国自由演员就占了大半，这种随性和自由让当时的我大感吃紧。

　　这些自由演员都是直接向制作公司或导演推荐自己，构建人脉，从而得到工作。这种方式对于当时还没有人脉和制作公司的我来说是一个非常容易适应的、让我感到平等的方式。

　　这是个不需要为事务所同事间的隔阂或关系网络而烦恼，只是简单的考验自己力量的世界。在这样的环境下，就算不能很快得到工作，也能相信其可能性。只要不丢失目标并坚持努力，就一定会有机会眷顾，换言之就是"中国梦"正在扩大。

这正是因为中国正在高速发展的道路上，也许和国土万分广阔，所以人的胸襟也非常广阔有关系。不管怎么说，我在真正成名之前，就被这种魅力俘获了。

我的"中国梦"，也是从意想不到的地方开始的。因为偶然将简历寄放在池先生那里，就得到了明治天皇的角色，在日本，这种事绝对是不可能发生的。

在中国，你若抓住了一个机会，就一定要重视从这个机会扩散出去的人与人的关联。你必须要展示自己坚定的信念，跟周围的人多接触，扩大朋友关系，因为总有一天，他们会在你意想不到的地方帮到你。像这样通过与人交往衍生出新的人际关系或工作，在中国被称为"缘分"。我在中国的奋斗经历，如果没有小徐或杨小姐、汪涵先生这些朋友的帮助绝对不会如此顺利。

没有终点的比赛

"你长得挺不错的，去做演员吧！"对酒吧里的常客的话信以为真，就一路闯到了现在，所以那种没办法而为之的感觉也不能说是没有。本来也没有对演员的工作有什么特别的想法，没有自信和实力也是当然的。

只是，这不是件一时想错了而造就的事，这样的自我感觉也许对自己是一种救赎。因为我非常清楚自己能力的不足，所以就在这方面付出了比他人多一倍的努力。

更何况，舞台是在中国，我必须跨越的难关就又增加了。第一就是语言问题。早早地退掉了语言学校，最开始要是不与会日语的中国人交往，我想自己掌握中文所花费的时间将会非常长。况且，就算是现在，我也很难说自己完全掌握了中文。现在台本里还是会出现我不懂的词，在娱乐节目里跟不上对话的情况也时有发生。

但是，正因为这样，我才不敢怠慢地尽自己最大的努力。我在接受拍电视剧的工作时，都会要求在开机前至少 1 个月就将剧本发给我。这一个月里，我会将台词全部翻译成日文，并将剧本反复翻看。这样做了之后，在感到自己终于和其他的共演者站在了同一起跑线上的时候，我才会带着自信来到拍摄现场。这样的事，在娱乐节目里也不例外。因为《天天向上》的拍摄日程经常变动，台本就算是录制的前一天晚上才完成也并不稀奇。这种时候就算录制工作定在了第二天，我也会熬夜将节目安排记在脑子里。虽然体力上会感到非常辛苦，但那比在对话里被共演者甩开要好太多了。

　　第二个难关，果然还是人种的墙壁。如之前再三述说的，日本人在中国工作是不可能避得开日中问题的。但是，关于这一点，我反而很感谢自己所处的环境。若是身在日本什么都不了解的话，一定不会从客观的角度，只能目光短浅地看待日中问题吧。然而，实际身处中国之后，我才看到两国摩擦的真实情况，才对问题的本质有了自己的理解。为此，我才能找到成为"管道"这个新的人生目标。

　　反过来，在中国工作也有很多益处。首先，得到了在日本遇不到的机会，能成为在当时很少有的日本演员的先驱者，是成功的第一步。

　　然后，就是我遇到了最棒的伙伴们。我在中国行走时，同我一起越过难关的，就是这些朋友们了。他们深情厚谊，视角先进客观，甚至都怀有让日中关系的未来更加光明的热情。被这样的他们包围、支持着的我，简直是太幸运了。

　　我移居中国大约有 15 年，从以演员为目标上东京开始算起经过了 25 年。虽然已经作为演员生活了这么长的时间，但我没有一次对自己的演技感到百分百满意过。

　　说起来，表演没有正确答案。同一个角色会因为演员的不同而有不一样的解释，导演和观众对是善是恶的评价也会有分歧。

就算是在定位角色时，根据看剧本时的自己的心情或状态，从台词里受到的灵感也会改变。这样想的话定位角色就是一项永远不能完结的作业，我又一次感受到了演员这一工作的深奥之处。尽管如此，能按照自己所想的表演的畅快感，受到观众或工作人员的好评时的喜悦，通过出演各种角色感受了自己以外的多种人生的有趣之处后，我对这个明明很难解的工作反而怎样都停不下来了。

回想一下，不停演鬼子的时候，我走过了辛苦又危险的道路。但是，我切实地感受到，正因为我跨过了那段如苦行僧一样严酷的时期，才有了现在的自己。这并不是在说知名度上升之类的事，而是我自己作为一个演员跨越了一个舞台后所获得的巨大自信。

人生之中，被准备了很多需要跨越的舞台。而我呢，从成为森田先生的随从人员开始，挺过了在中国没有工作的日子，之后一边消磨着自己的心一边继续演着鬼子。那之后也是，在娱乐节目里为不能很好地发挥而失落，因为失言而身处困境，即使跨越了一个舞台，立即就会有下一个难关挡住我前行的路。那时我苦恼过，流过泪，即便如此我还是想办法突破了出来，这才有了现在的我。

这样跨越舞台、向前行进才是人生。就像演技不会有完成的时候一样，人生也会以这种状态继续下去。

"没有了终点，你不会感到痛苦吗？"

以前被采访时，我曾被这样问过。

但是，对我来说，将终点摆在眼前才更加难受。抵达那个终点的同时，你就会被虚脱感侵袭，上进心还有其他的什么全都消失，之后就只能像行尸走肉一样度过余生了。

说起来，终点是什么？那不就是，在自己生命燃尽的瞬间才肯承认的，活着的充实感吗？

那是在医院的床上吗，在飞机里吗，又或是在异国的路旁吗，我不知道，但我在一生就要结束的时候，自己能感到这是令我满足的人生，那我就到达终点了。度过没有后悔的人生，不正是通往终点的唯一道路吗？

45 岁，正好到达了人生转折点的我，现在也在全力奔跑着。我想以这样的势头向着终点，将比赛继续进行下去。

第七章　我的奋斗

原点

1970 年 1 月 21 日，我出生在了一个位于东大阪市的平凡的家庭里。

因为地处大阪市东边的相邻位置，所以叫东大阪市。那是个并没有什么特点和风情的城市。既不是被大自然环抱的田园，也不是绚烂的大都会。有着小小的商店街，萧条的高架线路，宁静的小学校。

整座城市入眼处，尽是三四层的小楼和到处林立的工厂烟囱，可能在外人眼中，这种典型的日本小城具有别样的魅力，但是对于从小生于斯长于斯的我来说，这些都是司空见惯的风景。

可能在很多中国人的想象中，日本小城的生活充满了安逸和温馨，但是我成长的时候却并不如此。

迷茫、闭塞、琐碎、看不到出路，可能是每一个小城市少年所必备的心理历程。我也不能幸免。

命运是无法选择的。这个毫无特色的城市，就是我生命的起点。日本没有计划生育，我之前有 3 个姐姐，我是末子，连同父母一家六口住在十几平方米的简陋屋子里。

作为家里唯一的男孩子，想必会有人认为我一定被父母宠溺着，但是至少在我的记忆中，却并没有被宠溺过的事，留有深刻记忆的，大概只有严厉和奋斗。

"浩二！你怎么又考了这么差的成绩。"

每到考试公布成绩，母亲大人总是会忍不住对我咆哮，而这对于每次考试只能拿 30 到 40 分的我来说已经司空见惯。

随之而来的，当然不是温情的谆谆教诲，而是毫不客气的扇耳光和罚站。可能对于现在的孩子来说，这些行为无异于体罚，让人难以接受，可是在当时的日本，或者中国，这都是寻常事。因为从骨子里来说，我们两国人民接受的都是儒家教育，"上进"这两个字刻在每一个人的骨子里。

至于记恨和芥蒂什么的，当然一丝一毫也不会有。如今想起那段时间，留在心里的只有怀念的回味。

我母亲是个坚强的人，几乎全凭一己之力扛住了整个家庭，她对于工作还有生活的努力和热情也让我记忆犹新。

她白天在超市工作，晚上就去收报纸。除了这些她还要照顾 4 个孩子，完成所有的家务，承担起教育下一代的责任。我无法体会，无法想象她当时是抱着怎么样的信念和热情承担这一切，我现在已经走到了跟她当初一样的年纪，每次遇到挫折，下意识想回避的时候，总会想起她那时的表情。

隐忍而强大，披荆斩棘，从不对生活和苦难妥协，只会坚定不移地往前走。

这大概是我的母亲留给我最重要的精神财富，让我受用终生。

伟大的母亲

在很多中国人的想象中，日本人的生活应该都是富足和平静的。但是这世界上到处都会有窘迫的人，在哪里都一样。

我出生的小城在整个日本来说也是比较偏僻的地域。在我童年时代，整个城市的人们都过得并不好。很多家庭主妇都需要同时做好几份工作补贴家用。我的母亲有着日本女性的典型特征，隐忍、坚强、奉献。

因为我家孩子比较多，父亲赚钱能力不足以支撑，所以母亲必须想方设法打工，以养家糊口。

她对于我整个人生的影响无与伦比。那些在逆境里坚持的力量至今想起来都让我动容。

记得在我上小学的时候，有一天，母亲突然说："我想要一辆自行车。"

我和姐姐立刻就赞成了，因为之前我们都很想要一辆自行车。但是都没有得到同意，这次母亲主动提起，我们没有不同意的理由。

很快，新自行车就送到了家里。那是一辆样式很普通的坤式自行车，没有任何特别之处。但是母亲却依然很兴奋，车送到的第一天，就勤奋地练习了起来。

但是因为只有一辆自行车，我和姐姐都在抢时间玩耍，所以母亲学习的时间拉得很长，往往我放学回家的时候，都会看到她在家门口吃力练习自行车的样子。

这样的日子持续了整整一个月，学会骑自行车的那天，母亲罕见的高兴了起来，开心地喊着："终于抓住窍门了！"

然后，她脸上泛着孩子一样天真的笑容，入迷得骑着自行车来回跑。那个画面已经过去几十年了，可是每次想到母亲在夕阳下骑自行车来回跑的身影，还是会忍不住微笑起来，中国人说天伦之乐，我想莫过于此。后来母亲离世了以后，这样的画面就成了绝响，只能在回忆里见到，子欲养而亲不待，真是让人不胜唏嘘。

母亲为什么突然要学自行车，当时我们所有人都没有意料到。

在学会自行车没几天以后，母亲就开始在下班时间骑车送报纸，我已经记不清这是她打的第几份工了。可是母亲那种为了让家里过得好一点，不惜一切接触新事物，学习新事物，并雷厉风行投入行动的态度深深震撼了我。

这种生活状态绵延了我整个少年时代，一直到我高中毕业，母亲都是早晨比谁都早起去准备每个人的便当，家里其他人都去上班、上学后，自己也出门去打零工。晚上再回来准备晚饭，然后做家务一直到深夜。

少时，我的身体素质很不好，瘦弱、多病，常常会卧床不起。记得那年要上小学的时候，我闹肚子，完全起不了床，全家所有人都判断我无法出席，但是对于那时候的我来说，这个仪式是不能缺席的重大事件，所以我哭着说想想办法让我出席仪式吧。这时，母亲说："我背着你！"

一句话说完，母亲一下将我背在背上，带着我去了学校。母亲在仪式中一直紧紧地跟在我身旁，等仪式结束以后，又背着我回了家。母亲的背，很宽很温暖，是我少年时代最大的依靠，直到我上高中母亲病倒之前，我都是看着她的背影长大的。

现在想起来，难免心酸，难免遗憾。长大成人以后，我就一直辗转在大阪和东京之间，在她膝下尽孝的时日屈指可数。等她走了之后，才发现一直支撑着我的精神支柱轰然倒塌了。但是她留给我的精神财富，将伴随着我一生，让我在这个陌生而博大的世界勇往直前，永不退缩。

理想的进化

"如果一个人没有梦想，那跟咸鱼有什么区别。"这是我在中国的时候，一个朋友跟我开玩笑时说过的话。虽然听起来像是段子，但是仔细品味，其中却蕴含着至关重要的道理。

梦想是一个虚无缥缈的概念，但是对于一个人来说，确实是他这一生往前走的方向，如果没有梦想，他可能会迷茫，可能会颓废，可能还没来得及品味生命的精彩，就庸庸碌碌地度过了一辈子。

但是梦想之所以是梦想，就意味着它永远只是一个微茫的光点，永远触手可及，却又无法抵达。如果心志不够坚定，可能会随时放弃，随时陷入黑暗。

我从日本漂洋过海来到中国，从完全听不懂汉语到出口成章，在别人看来，这至少也是一段艰难的历程，但是我回首往事，却并未看到太多心酸，有的，只是一步一个脚印地前进。

因为从始至终，我都知道我想要什么，然后只是脚踏实地朝着这个方向努力而已。但是这个梦想并非与生俱来。

在 19 岁之前，我跟绝大多数年轻人一样，都处于暗无天日的迷茫中不可自拔。

我从小就是一个不出彩不拔尖的男孩，在上学的时候，成绩不突出，运动也毫无长处，能引起别人注意力的举动大概只有恶作剧。

因为一直处于没有人注意，也没有任何人给予希望的境地，所以那时候的梦想现在看起来更像是一种憧憬或者发泄。

小学时，我的理想是棒球运动员，梦想着将来自己能像原辰德选手一样称为巨人队的一员。升入中学后，我的梦想变成了当一名职业摔跤手。这些想法现在看起来多少有些天马行空，但是无一例外，都是会引起无数人注意，会聚焦全世界目光的明星角色。这当然并不是深思熟虑后的决定，而是一个孤独寂寞孩子的妄想罢了。

然而，上高中以后，这些将来的梦想和希望全都消失了。

也并没有什么特别的理由。说不定，是我从小学到中学的气势太足，调皮的程度太过，升入高中后中途开始有些喘不过气来吧。对曾经那么喜欢的棒球、职业摔跤、打架都失去了兴趣，连热衷的东西都迷失了。

刚刚入学时参加的篮球社，因为跟不上严格的练习，3天就退出了。之后彻底陷入了迷茫期，辗转参加了化学部和校内美化部等等和我的兴趣没有什么关系的社团。至于文化节或运动会等学校活动，反而都没有彻底参加过。

"我将来要干什么？"上了高中以后，我脑中再也没有以前那种旖旎的想象了，这个现实的问题日复一日地摆在我面前，让我感觉生命都失去了色彩。

之前说过，在整个学生时代，我都属于无论成绩，还是运动，都毫无出彩，平平无奇的孩子。既没有继续升学的坦途，也没有其他方面的机遇。当时我所能看到的未来，似乎只有在东大阪这个偏僻的小城市，找一份平庸的工作，勉强糊口，了此一生。

这种能看到的未来，对一个青春期的少年来说，无疑太过残酷。这也导致我整个高中生涯过得异常痛苦，格外灰暗，那大概是我生命中最迷茫的时日。

流浪时代

在无缘梦想与希望的高中生活中，唯一值得回忆的，就是高二那年暑假在快餐店打工的回忆。当时跟我一起工作的人有外国人、其他高中的学生，还有一些家庭主妇，跟这些背景各异的人交往，让我有一种接触新世界的别样刺激，似乎每天都能接触到新的领域。在当时那种对未来失去希望的境地里，那是我唯一的消遣。

高中毕业以后，成功进入大学的同班同学也有不少，而我则因为家里经济条件和学习成绩的缘故没能实现。

当时，姐姐们在大阪府办公厅当公务员，她们对我说"如果没有什么想做的，你也来当公务员吧"，并为我做了诸多安排。然后，我参加邮政相关工作和消防员的考试，遗憾的是都没有合格。在姐姐们看来，我无疑遇到了人生第一场惨败。但是在我看来，这个结果却并没有那么悲观。因为我本来就对做公务员没有什么兴趣。只不过是找不到想做的事，顺着她们的推荐去参加了考试而已。

当时的我就是如此，没有什么明确的理想或目标，只是因为看到自己落在了上大学的或已就职了的朋友们的后面，也有些焦急，还曾有过"我想做与众不同的工作"这样模糊的想法。而为了能与这个"与众不同"的工作相遇，我考虑通过打工积累一下社会经验。

那段时间我真的是打了太多种类的工。除了报纸配送和快餐店服务员，我还做过西装店的售货员和舞厅的店员等等。甚至在19岁那年，还在牛郎俱乐部工作过。

当时正值20世纪90年代，日本经济泡沫已经到了临界点，但是很少有人意识到危险即将来临，反而沉浸在醉生梦死之中不可自拔。

表面看来，经济是如此繁荣，一般学生也能在游艇上开派对，办公室女职员也能出入歌厅。牛郎俱乐部更是连日爆满，毫不费劲就能从客人那里得到高额的小费。

对于我来说，接待客人并没有什么痛苦。反而对一个个客人太过全神贯注成了工作障碍。在我工作的店里，在没有被指名的情况下，牛郎必须 30 分钟左右就移动到另一桌，和所有的客人进行问候。

但是我有个问题，就是太过话唠，客人如果是个陪酒女，我就会忍不住说："你多大了？在这种地方玩，不好好考虑一下将来可不行啊！"

如此这般对着她开始说教。

现在想来，一个对未来一点头绪都没有的 19 岁男孩，居然能对别人说出那样的话，当时我的脸皮一定是厚到了登峰造极的程度。这还不是最过分的，最过分的是，如果哪个客人比较倒霉，就得听我说上 3 个小时的话。而这种时候，经理一定会愤怒地咆哮起来：

"小木原、小木原！过来一下！"

接下来，就是一顿狠批。顺便说一下，"小木原"是我当时的花名。

这份工作我并没有做太久，前后也只有半年时间，自身不太喜欢是一个方面，另一个方面，冥冥之中，我觉得命中注定需要

2014 年《金戈铁马》剧照

2014 年《战神》剧照

2014 年中日交流成人仪式

2014 年《最佳嫌疑人》剧照

我去做的那种工作快要到来了。

这些工作虽然时间都很短，但是对我来说，正面意义依然大于负面意义。毕竟见识社会的各个层面，从中吸取到了有用的东西。

忧郁的大阪

大阪的大海，是悲伤的颜色
大家都将告别
带来这里丢弃

这是我 10 岁左右的时候，在日本大受欢迎的歌手上田正树先生《悲伤的颜色》的其中一段。

当我回想生养我的东大阪市时，背景音乐总是这首。在东大阪市的生活，特别是十几岁以后，对我来说总是郁郁寡欢，沉重痛苦的。

原因之一就是，我的母亲在我上高二那年病倒了。有一天，母亲突然在姐姐面前抽搐了起来，脸上泛起痛苦的表情，然后就那样失去了意识。母亲被送到医院，保住了一条命，但是诊断的结果是母亲得了脑瘤。就算是对这种病没有了解的我，也被脑瘤这个词重重地打击到了，我可以想象出情况绝不乐观。

母亲的身体一直很健康硬朗，但是从那时开始渐渐变差，并逐渐变得不能工作，姐姐们开始支撑家中事务。听不到母亲的声音，家里像是熄了火一样，被阴暗沉闷的气氛笼罩着。

脑病的可怕之处，不只在于身体，还会侵蚀人心。在生病后的头几个月，母亲开始出现了深夜突然大叫、吃饭时忽然哭出来了等等情绪不稳定的倾向。还会无缘无故对着父亲大声斥责，然后她周围的很多东西都会拿出来乱扔。虽然姐姐拼命安抚她，稳定场面，但第二天同样的事又会再次重复。家里所有人都身心憔悴，心情变得好像陷入了没有希望的、漆黑的隧道里一样。

因为实在抵御不住这种沉痛的气氛，我开始夜不归宿，并且次数越来越多。

不打工的时候，我就骑着自行车，徘徊在夜晚的街道。和朋友在一起的时候，和他们在公园或咖啡厅聊着聊到深夜。但是说来说去，也无非就是"有什么有意思的事吗？""怎么了，就不能做点儿什么吗？"

类似这种没有任何营养，没有任何正能量的话题。当时的他们可能跟我一样，都处于前所未有的迷茫期，对未来充满了恐惧和无知。

在痛苦和迷茫中，我开始憧憬升入大学的生活，在我当时的想象中，升入大学，可能是最好的一种未来。我毫不掩饰当时对于那些幸运儿的嫉妒和羡慕。

我会忍不住想，如果我的家境很富裕，如果母亲没有得病……现实不就稍微变得不一样了吗？

在这种永无止境的逃避和嫉妒中，我陷入了自我厌恶之中。

因为现状不好，我心中想离开大阪的心情，开始壮大。我感到再这样下去，自己一定会被阴沉沉的东大阪街道、被阴暗潮湿的矢野家彻底吞没。我知道这是自私的说法，但当时的自己真的是想把家人的事，还有所有的不如意全都忘掉。

但是，说要离开大阪，自己都还没有去处。想要去东京这个在大阪之上的大都市的想法是有的，但去了以后自己在那里干什么好还完全没有头绪。无目的就做出行动的胆量和办法，我都没有。

　　而正是在这种境地下，酒馆中那个顾客的一席话，仿佛瞬间点亮了我生命中的灯。

　　我有生以来，第一次感觉到了前进的方向，第一次有了奋斗的目标。

　　做一个演员吧。浩二。

第八章 我的国家

我国还是你国？

"你是哪国人？"

这是一个很直接很简单的问题，对于任何一个中国人和日本人来说，都会有一个简单而毋庸置疑的答案，但是对于我来说，这个问题无异于酷刑，2011 年有段时间，两国之间因为钓鱼岛事件，民间舆论沸腾，很多在华日本店铺都开始歇业，或者挂上了中国国旗，防止被砸。理所当然地，那段时间我再次丢了工作。

可能正是在当时那种举步维艰的处境下，我才开始逼迫自己认真思考这个问题。

我是一个日本人，这是毋庸置疑的答案，正如我的祖先、我的父母，我的兄弟姐妹一样，大阪的海和街道，东京的霓虹和人流，都是流淌在我身体里的血液，都是打在我骨头中的烙印，我无法，也不可能抛弃这个身份。

但是因为这些，我就能心安理得地站在日本的立场吗？不可能。

因为我的妻子，我的大多数朋友，我的女儿，都是土生土长的中国人，他们中的大多数甚至都没去过日本。

这种撕裂般的矛盾可能很少有人会感同身受。那年闹得最厉害的时候，我常常一个人躲在酒店，假装与世隔绝，不敢接电话，不敢听到任何有关外界的声音。

就像自己的生母和养母在打架，你永远都没有合适的立场去帮任何一方。

那段时间，我在北京打开电视，新闻中永远都是反对日本，抵制日货的宣传；而躲到东京，打开电视，新闻中都是攻击中国的节目。我感觉无所适从，不知所措。

"我是哪国人？我该用怎样的立场去面对这些争吵和纠纷？难道中日两国真的只能是世仇吗？"

我不止一次地这么想。

有一年春天，我回日本探亲，在大阪街头徜徉。那时正是樱花盛开的时节，所有人都盛装出行，满街都是赏花的人群。

而在这些喜悦的日本人中，我惊讶地发现居然还有为数不少的中国人。单从喜悦安逸的表情来看，根本看不出他们居然是异国人。但是幸好我懂中国话，第一时间就猜出了他们来自哪儿。

本来我想上前去打个招呼，但是看到他们喜悦的表情，还是打消了这个念头。

那是没有恐惧，全心全意享受花与酒的表情。跟周围所有日本人一样。

在那一刻，没有中国人和日本人的区别，只有对和平，还有共同文化而衍生出来的感情。我似乎找到了一直在思索的答案。

中日两国，一衣带水。

这是我在女儿的课本上看到的一句话，不得不说，这句话给我了很大的冲击。是的，从历史的角度来说，中日两国几千年，从隋唐到明清再到近代，虽然有战争，但是毫无疑问，和平的岁月远远多于战争的时间。

中国曾经是日本的老师，隋唐年间，日本在历史上似乎只做了一件事，就是全力向中国学习，派出国内精英漂洋过海到中国"取经"，这些人中有的学成归国，有的则永远留在了中国。

日本的历史永远绕不开中国的影响。时至今日，在日本文化中，随处都可见中国元素，文字、诗词、建筑，这些影响方方面面，深远地影响着日本的生活和性格，甚至连日本的国花——樱花，原产地都是中国。

　　而中国，也在不可避免地接受来自日本的影响，近代以来，因为日本首先一步开放，大量的中国留学生又去日本留学，这里面有在中国耳熟能详的孙中山、鲁迅等等震古烁今的大人物。

　　在文化方面，因为日本跟中国文化相通，所以大量的科学概念从日本传回中国，可以说，近代以来，日本是中国接触西方文化的媒介和纽带。

　　从这些角度来说，中国和日本根本不是不死不休的世仇，反而是一衣带水的友好邻邦。两国的人民从千年以前就开始交流，和平的年代较长，但是战争的年代加起来也超不过一百年。

　　一叶障目，不见泰山。我们怎么可以因为这几次战争，而忽视漫漫千年岁月的和平？

　　和平，不仅仅是我们追求的目标，更是需要细心呵护的果实。山河破碎、生灵涂炭的历史永远不要重演，无论是中国还是日本。如果可能，我希望至少在东亚范围以内，永远不要再次发生战争。

　　战争片拍得太多，会让我难以避免地接触到很多史料和故事。接触得越深，我心中对战争的恐惧和排斥就更深。

　　每年春天樱花盛开的日子，日本的街头总会出现数不尽的中国面孔。在这个世界上，对花与酒的理解能如此天然相通的民族，可能只有中国和日本。

赏樱的人里当然也有西方人，但是他们永远不可能像中国人和日本人一样，面对着漫天樱花和清酒，随口就能吟出千年以前的诗句。

这是民族的气质和文化基因，是经过无数交流和融合所形成的精神领域。一个中国人和一个日本人，在这种场景下，也许根本不需要语言相通，只需要举杯遥祝，就能明白对方在想什么。

这就是文化的力量，只有文化才是通行世界的语言。

这种文化的共通感当然不仅仅体现在这些方面。事实上，中日两国人在文化上，不管是哪个年龄阶段，都有着让人惊讶的共通体验。

关于教育

我的女儿是一个中国人。

对我来说，这是一个再普通不过的决定。因为我的事业和家庭都在中国，女儿入中国籍是再正常不过的事。但是对其他很多人来说，这件事却并不普通。

很多第一次认识我的中国朋友，在知道这件事以后都会用奇怪的眼光看着我，问我：你怎么让女儿做了中国人，日籍不是更好吗？

不可否认，日本因为经济发展的缘故，社会福利和教育情况都比中国先进一些。我女儿入籍日本，自然会得到更加好的教育和福利。

但是，不能因为这些原因，就觉得中国籍比日本籍低级。

两国的国民待遇虽然有所差别，但那更多是经济因素，并不代表日本籍比中国籍更加优秀。

中国太过庞大，人口规模举世无双。要用有限的土地养活这么多人口，福利自然跟发达国家不可同日而语。这都是显而易见的事。而这些事，在经过努力以后都可以得到改观。在本质上，中国籍和日本籍没有差别，都只是一个身份而已。

中国的教育体制一直被诟病：严酷、缺乏自由、缺乏个性。

这些都是打在中国教育上的标签，导致我的很多朋友都担心我女儿的教育问题。但是关于这些，我也有我自己的看法。

可能因为我出生在 20 世纪 70 年代，思想还比较传统，所以对于学业和教育，我的观念和现在的主流意识有些不匹配。

在我少年时代，日本整个社会跟中国一样，都异常在乎成绩。父母也因成绩不好而惩罚孩子，并不会一味地迁就和忍让。

我觉得这都是正常现象。中日都是深受儒家思想影响的国家，在教育方面必定会有同样特征的严苛和重视。并不能说这种方式不对，只能说这种方式已经有些落伍。所以在教育女儿方面，我希望她能有好的成绩，但是如果努力了，还是没有达到优秀的话，我也并不会责怪，顺其自然就好。

关于经典

如果不是在日本长大，可能不会注意到三国文化在日本究竟有多深入人心。这个源于中国的故事在日本有着让人叹为观止的知名度。日本很多人跟中国人一样，从小就听着三国故事长大。

关羽、赵云、诸葛亮不仅仅是中国家喻户晓的英雄，在日本也具有同样震撼的影响力。在日本，从《三国志》衍生出来的小说、漫画、游戏等等文化产品数不胜数，而且生命力顽强得让人惊讶，至今还在源源不断地产出。

在我小时候，三国类的游戏和动漫方兴未艾，我这个年代的日本人很少会有人没接触过三国类游戏产品的经历。

中国 20 世纪 80 年代拍摄的电视剧《三国演义》在日本也具有很强的知名度，那可能也算是最早的文化输出。

但是相对中国人对这本经典小说的严肃态度，日本则显得更为轻松一些。

在日本人的演绎下，吕布成了武力值和战斗力超群的杀戮机器，诸葛亮则有通天彻地呼风唤雨的法力。这些概念在各种游戏和动漫里都有体现。

记得我少年时代看过一本有名的漫画，叫作《龙狼传》。这是一个关于三国的故事，情节理所当然非常热血，战斗、友情、梦想，少年漫画三要素几乎完美地融合了起来。

但是我提到这个漫画，并非它多有代表性，而是过了十几年以后，我突然发现，它所用的叙事手法居然在中国突然又火爆了起来。

它讲述的是一个少年，飞机失事以后，突然被穿越回三国世界的故事。从故事的开头方式来说，它跟中国后来流行的穿越类小说、电视剧简直如出一辙。

这些有趣的巧合不禁让我感慨两国文化的神奇，在完全独立发展的情况下，居然产生了完全相同的表达思路。

除了《三国演义》，中国的另一本经典小说在日本也具有巨大的影响力，这本神奇的小说甚至还衍生出了漫画界举足轻重的一位人物——鸟山明。

鸟山明是日本漫画界的泰山北斗，他的作品《七龙珠》不仅在日本，在世界范围内都具有无穷影响力，粉丝遍布全球五大洲。

但是这部作品里隐含有一个有趣的传承观念，可能只有中日两国的读者才会心领神会，它的主人公叫作孙悟空。

孙悟空啊，那是中国的齐天大圣啊，中国孩子心中最初的英雄形象。有几个中国人会不知道他呢？

很明显，鸟山明先生在创作《七龙珠》的时候，显然受到了《西游记》的影响，里面的人物甚至都带有《西游记》的影子。

孙悟空在最开始的时候带有尾巴，天津饭有三只眼……

这些形象明显都是借鉴了《西游记》中的原型，也许中国读者在最初看到这些熟悉的形象时，会忍不住会心一笑吧。这也是《七龙珠》能在中国具有如此影响力的重要原因。

这些都是文化的语言，我们甚至不需要做过多解释，只需要看到形象，就能知道它的源流和典故。这种心领神会的力量，日本不会在另外一个国家和民族中找到。

而《七龙珠》和《西游记》的关联还不仅仅在这一点，我觉得，最重要的是，中国和日本的少年，最开始的英雄有一个共同的名字，而且都是一个长着小尾巴的猴子。享受着同样文化哺育的两个民族，怎么可能会是不死不休的世仇？

中国地大物博，历史源远流长，是人类文明的重要组成部分。日本曾经倾尽全力向中国学习，涌现出了无数可歌可泣的人物。

日本自古多灾多难，地震频发。最近三百年，工业化以来才算是能在跟自然的对抗中势均力敌。

两个民族都具有坚韧、不屈的意志，所有的信仰、文化、历史都有扯不断的关系。而且这种联系不仅没有断绝，还在源源不断地发展。

在日本的网络中，讨论最多的历史帖子永远是关于中国历史。

很多少年会为了赵云厉害还是吕布厉害争执不休，很多人彻夜不眠畅谈大唐和长安。仿佛那就是我们自己的历史。

长安长安

有一年，我因为拍戏，有幸去了一次西安。这座城市的名字我在刚识字的时候就知道，少年时候又背诵了无数关于它的诗句。可是真正见到它时，我还是被它的恢宏和厚重震慑了心灵。

我站在依旧巍峨的城墙前，看着斑斑驳驳的石墙，想象着千年以前的大唐，以及那些漂洋过海的日本遣唐使们，是否跟当时的我一样震撼，一样感慨万端。

这座城市如今改名成了西安，褪去了世界中心的光环。但是千年以前，它对日本的影响是翻天覆地无与伦比的。

那时候的长安，不仅仅是大唐人的重心和骄傲，也是日本人的信仰和向往。

在大唐极盛的贞观到乾宁年间，日本曾陆续派出 18 次、总计数千人的留学队伍。这些留学生中有工匠、书生、官员，学习的内容包含从治国到建筑艺术的各个方面。

我无法感知当时那些日本先辈第一次看到长安时的心情。那时的长安是世界中心，九天阊阖开宫殿，万国衣冠拜冕旒。而日本还只是个边陲小国。可能在当时的遣唐使心中，天堂也不过如此吧。我只记得当时的我看着西安古朴的城墙，似乎一瞬间回到了大唐，而我，变成了日本遣唐使队伍中的一个随从，看着人流如织，心中无限感慨。

长安，我来了，为了和平。

遣唐使来了又走，除了很少一部分极优秀者被允许留下之外，其他人再度扬帆起航，回到日本，开始改造自己的国家。

从此以后，日本，这个孤悬东洋大海中的岛国，开始发生了翻天覆地的变化，我们有了樱花、有了飞檐斗拱的建筑，有了小长安——京都。

这些文化的种子从千年前的大唐起航，最终在日本生根发芽，如今千年岁月已经流过，但是任何一个中国人，来到日本，看到那些建筑，还有随处遍布的汉字时，还是能第一时间感受到这种文化的源头来自何方。

如果说西方的文化圣城是罗马，那么中国和日本的文化圣城就是长安。二战以后，中日恢复邦交以后，两国对于文化的传承日益重视了起来。

我们很欣慰地看到，日本在尽力参与中国文化遗产的保护和传播。2004 年，展现古代丝绸之路的大型纪录片《大敦煌》就有日本团队的参与。

还有其他不计其数的项目，都有日本文化使者的身影。而在来到西安的游客中，日本人的面孔也随处可见。

日本文化浸润越深入，对中国的感情就越深入。这绝对不是笑谈，很多日本人来西安的目的也并不仅仅是走马观花，那是一种文化寻根，朝拜圣城的感觉。

长安，这座伟大的城市。它是中国的精神故土，更是日本的文化源流。

菊花、古剑和酒

菊花、古剑和酒。

这三个字组合在一起的时候你们会想到什么?

如果问一个中国人,他想到的可能是江湖,是侠客,是一剑走天下的纵横豪迈。

而如果问一个日本人,他想到的可能是武士,是战国,是战乱天下,忠于君主的悲壮。

而如果问一个西方人,他想到的可能就真的只是一种花,一把剑和一杯酒。

侠客和武士,江湖和战国。这是两组看似完全不同的概念,但是精神内核却又是多么相似!

仁义礼智信,孟子的儒家五常。在中国的侠客和日本的武士中得到了完美的体现。

中国的侠客以匡扶正义自居,虽千万人吾往矣,将仁义发挥到了极致。而日本的武士,则死战不休,忠于君主,将忠信发挥到了极致。

这两种人物形象之所以如此深入人心，可能是他们准确地切入了各自受众的精神世界。但是这两种概念虽然迥异，却偏偏又能相互理解，相互交融。文化的力量，总是让人惊讶。

20世纪末的时候，中国青少年中曾经流行过一段时间的"哈日"风潮，无数少年都在谈论着木村拓哉、酒井法子等日本艺人。日本的电视剧、电影、流行音乐曾多方位地影响着中国青少年。

有人说这是一种文化侵略，我不敢苟同这种观念。因为文化的交流，必定是双向的，从来没有单方面输出这种事。很多中国人都不知道，在日本，中国现代的很多文化也有巨大的影响力。

说到这个话题，就不能不提到金庸先生。这位中国的小说巨匠是20世纪影响力最大的文化人物之一，据说全世界有华人的地方就有金庸小说，这个论断并不是夸张。而且金庸先生的影响力并不仅限于华人社会，在日本同样有让人震惊的能量。

在20世纪80年代，日本的小书店就流传着各个版本的武侠小说，《射雕英雄传》《神雕侠侣》等著作，在日本同样深入人心。甚至后来香港地区所拍的电视剧，也在日本有着巨大的观众群体。

可能正是因为儒家文化上的共同传承，让日本人在接受武侠小说时，也变得比西方人更加容易。

这就是共同文化源流的力量。中国和日本都是大国，而且有如此深厚的历史渊源，如果一直处于仇恨和对抗中，那么整个世界都会跟着紧张起来。这也是我下决心为中日友好尽力的原因。

正如我之前所说，中国和日本有两千年的和平史，我们为什么要一直牢牢盯着那不到两百年的战争史？

不可否认，日本在历史上给中国造成了巨大的灾难。我不会为历史辩白，只希望以后的日子里，能保持现有的和平和友好。

这个世界已经变成了地球村，每个国家的少年都不可能完全孤立。文化在相互影响，我们惊讶地看到，在世界的各个角落，不同国家、不同民族的少年，他们的喜好和生活越来越相似。

两个从未谋面的少年，可以在网络上毫无阻碍地讨论《复仇者联盟》，讨论《冰与火之歌》，讨论这个世界上正在发生的一切。他们根本不会觉得对方因为跟自己不是一个国家，就是异类。

而在中日两国的少年之间，共同话题则会更加深入。他们会讨论隋唐，三国，讨论《七龙珠》《海贼王》《火影忍者》……

这些共同话题让新的一代变得更加密切，更加能互相理解。

我真诚地渴望，战争永远不要再来临。

因为中日两国的新一代之间的沟通和交流从未像今天一样顺畅。也许再过几十年之后，国籍和民族差别也会变成一个模糊的概念。中国和日本之间，也会变得像欧洲各国一样，结合成命运共同体。没有国界，没有隔阂。

我期待那一天到来。

后　记

几年前，我拍过一部叫作《养母》的反战电视剧。

这部电视剧，是通过描写战中、战后表现"母亲"这个主题的作品。我出演的是少年时期在中国生活的日本人"小野"。日中战争后，为了将战死的姐姐留在中国的孩子带回日本，故事中的我踏上了中国的土地。

徘徊在战后一片混乱的街道上的小野，终于找到了生活在狭小的孤儿院里的幼童。在那里，因战争而失去双亲的孩子们在一起生活着。小野遇到了经营着孤儿院的中国女性，并为成为战争牺牲者的孤儿悲伤，还被奉献自己一生成为孤儿们的母亲的她这种生存方式的伟大打动了内心。

这部剧通过小野和她的视角表现出战争真正的黑暗，并就日中两国应有的未来做出了探讨。

近年来的中国，像这样客观的以多方面视角的反战电视剧开始增多，我在文章里写到了。比起"日本兵＝恶"这样单调的抗日剧，观众更加追求迫近战争的本质的人性电视剧的现在，能出演这样的作品作为日本人我非常高兴。

再加上，这部作品里，注入了我在其他作品里所没有过的特别的想法。那就是，我对在我二十三岁时离世的母亲的思念。

我的母亲，与她明快且不服输的强硬性格不相符，她的身子原来就很弱。在我上高中时她患了脑肿瘤，之后过了还没有 5 年，她又患上了白血病。严格来说，是一种被称为骨骼异形成症候群的，像是血液的癌症一样的病。

最后一次见母亲，是在她去世前的一个月左右。当时在做随从人员的我，向森田先生说明了情况取得了休假，回了老家，去了母亲所在的医院。躺在朴素的病床上，她的身上通着很多管子，已经基本是不能说话的状态了。看着意识都不很清醒的昏沉中的她，我回想起以前我考试成绩很差时她揍我的威势，心情就变得难以形容。

上东京以后，我开始对老家有些疏远。虽然也有随从人员的工作太忙的错，但是想远离因为母亲的病而被沉闷的气氛包围的老家的心情也很强烈吧。即便如此，偶尔回家来的时候，母亲比谁都高兴，比谁都热情地欢迎我。支撑着很明显变瘦弱了的身体站在灶台旁，说着"一个人生活，吃都吃不好吧"，往饭桌上端我最喜欢吃的东西。向她报告我当上森田先生的随从人员的时候，她虽然说着"这下，你就算当不成演员也饿不着了吧"这样招人讨厌的话，但却像自己的事一样高兴，从心底放下了心来。

然后，我返回东京的时候，她会在玄关站着，直到看不到我的身影。带着一脸寂寞的笑容挥着手的母亲的脸，现在还在我的脑海里浮现。

"不管发生什么，我都会毫不畏惧地加油的。所以妈妈你也加油啊！"

伏在床边跟母亲说了这句话后，我就离开了病房。才过了一个月不到，她就停止了呼吸。在五十五岁时过早地离世了。

在日本，在中国，我能够没有畏惧地克服至今所有的困难，在我心里最深处母亲的存在是最大的原因。感觉快要不行了的时候，"别气馁，再加油试试看！"母亲的呵斥很自然地就在我的脑海里响起。去地方拍外景或旅行时，我至今都一定会带上母亲的照片，每天早上在床边拜一拜。这样一来，我就会感到现在的每个瞬间她也在什么地方看着我，为我加油。

母亲去世将近 20 年了，我作为一个演员，作为一个人的台基终于构筑了起来，我在想自己是不是已经过上了能让她挺胸的生活了。特别是去年，是我人生中非常特别的一年。一个是，通过执笔这本书回首这之前的人生，我被赋予了再一次对自己重新审视的机会。然后，再一个是，难以相信和我交往的女性为我生了个女儿，我们一起组建了新的家庭。

这之前，我一直对结婚这件事不那么关心。我甚至都感觉，难道自己会就这么独自过完一生吗。可是，这一次因为新生命的诞生办理了结婚手续后，我感觉自己的价值观有了很大的改变。也许这个说法很平庸，我的人生已经变得不只是我自己的东西了。我为有了要保护的人而心怀感激，我想将让她们感到幸福作为自己的责任生活下去。

还有，今年，也是我在中国生活的第 15 个年头了。为此，我接受了一家杂志的采访，过程中被记者问了一个让我一惊的问题。

"矢野先生，您有对日本想过'有朝一日我要卷土重来'吗？"

"卷土重来"，是指我在东京作为演员没有发展起来的事吧。的确，15 年前刚来北京开始生活的年轻气盛的我，有想过"我不会就这么结束的！给我看好了！"并燃起斗志。那时的斗志和精神让我很怀念，也让我有些害羞，但以那种精神为原动力之一，一直努力到现在也是事实。

现在，我想做的事绝对不是"卷土重来"或是想出人头地。和卷土重来这种渺小的东西毫无关系，我想对支持我的人们"报恩"。在东京将小城的我培养起来的人们，注意到在中国什么都不知道的我，对我多方照顾的人们，众多工作上的伙伴还有支持我的粉丝们，还有我的家人。在电影或电视剧，还有娱乐节目等，在各种各样的舞台上活跃起来，我相信就是对他们的报答。

常怀感激之情进行工作，是现阶段我的任务。年轻的时候，人多少带有一点嚣张的气息也没什么不好。但是有了一定程度的年龄增长，我不想忘记的，是回归初衷的重要性。以诚实谦虚的姿态面对工作，怀有某种灵活的想法或价值观才能将工作继续下去。还有，配合经验培养广阔的视野，不论到了多大年龄都会有新的发现。将年轻时的追求和热情作为另一种对自己的支持，就能提高人生中的探求之心和活力。

成为"管道"。

这是我最近的新发现，也是我今后的目标。对将本书读到最后的读者们我表示由衷的感谢，我期待着自己能作为日中之间的"管道"在电视或网络、杂志等媒体上与大家见面，就此停笔。